KB061339

보통의 속도로
걸어가는 법

보통의 속도로
걸어가는 법

너무 — 빠르지도
너무 — 느리지도 않게

나만의 — 속도로 살아가다

이애경 지음

위즈덤하우스

나에게 맞는
속도를 찾는 시간

서울에서의 삶을 정리하고 제주로 내려오는 건 나에게 어렵지 않은 선택이었다. 장기간 해외로 여행을 많이 다녔고, 미국과 캐나다에서 일 년씩 살아봤기 때문에 거주지를 옮기는 건 그리 어려운 일이 아니었다.

무언가를 내려놓는 일은 처음이 어려울 뿐이다. 그 다음부터는 그리 어렵지 않다. 내려놓음으로 인해 잃는 것과 얻는 것이 무엇인지 직접 경험하고 나면, 환경을 급작스럽게 바꾸는 일이 그렇게 고심할 정도로 인생을 걸 문제가 아니라고 체득하게 되는 것이다.

그럼에도 어려웠던 것이 있었다. 바로 삶의 속도를 정하는 일이었다. 제주에 내려온 이유는 서울에서의 복잡한 삶을 정리하고 싶었기 때문이었다. 충분히 치열하게 살아봤고, 바쁘게 살아왔으니 이제는 좀 천천히 가자. 느리게 걷기, 슬로우 라이프……. 이런 삶에 동경이 있었다. 나는 히피도 아니고, 디지털 노마드도 아니지만, 그냥 흘러가는 대로 좀 살고 싶었다.

제주는 생각대로 느렸다. 모든 것이 느렸다. 섬이라는 특성상 시간이 모든 틈새를 비집고 들어와 행동에 제약을 걸었다. 내가 선택한 '자발적인 느림'이 아니라, '반강제적인 느림'이었다. 그래서인지, 천천히 사는 게 예상외로 힘들었다. 너무 빠르고 복잡한 곳에서 살다가 삶의 속도가 느린 제주에서 살다 보니 보폭을 맞추기가 쉽지 않았다. 일종의 속도 저항감이라고 해야 할까. 전속력으로 뛰다가 갑자기 멈춰버리면 넘어지는 것처럼, 나는 빈번하게 마음이 접질렸다.

그때 알았다. 나는 빠른 것에 길들어진 인간이라는 걸. 내 생각과 행동, 모든 시스템이 시간을 쪼개 쓰는 데 익숙했기 때문에 갑자기 느린 속도로 삶을 살아간다는 것은 내게 익숙하지 않고 힘든 일이라는 걸. 무엇이 불편한 걸까 생각해봤다. 결국 모든 것은 속도였고, 나는 이 속도도 이분법적으로 생각하고 있었다는 것이 오롯이 드러났다.

세상에는 '빠른' 것과 '느린' 것, 이렇게 두 종류만 있는 게 아니다. 보통의 속도도 있고, 조금 느린 속도도 있으며, 남에게 맞는 속도가 있고 나에게 맞는 속도가 있다. 키에 따라 보폭이 정해지듯이, 마음의 키에 따라 삶을 꾸려나가는 속도도 정해진다. 그런데 살다 보면 나에게 맞는 적당한 속도를 잊어버리기가 쉽다. 아니면 배우지 않았거나, 처음부터 몰랐을 수도 있고. 내 속도를 잃어버린 이유가 무엇이든 그건 중요하지 않다. 지금부터라도 나에게 맞는 속도를 찾아가면 되니까. 적당한 텐션이 있는, 그러나 지치지 않을 정도의 삶의 속도를 찾게 된다면 인생은 훨씬 더 풍요로워질 것이다.

보통의 속도로 걸어가기 시작한 뒤로 내게 벌어지는 일들을 조금 여유롭게 바라볼 줄 아는 순간들이 생겼다. 사소한 것들의 소중함과 의미를 깨닫게 되고 내 주변을 조금 더 돌아볼 수 있는 시선도 길러졌다. 빠르게 사느라 놓치고 있던 마음의 소리에 귀를 기울이게 되고.

과거보다는 조금 천천히 살아가는 방식. 하지만 너무 느리지 않고 내 속도로 걸을 수 있는, 딱 그만큼의 움직임으로 살고 있다. 지금은 내 속도로 살아감이 행복하다. 많은 사람이 '빠름'에서 벗어나 보통의 속도로 살아간다면, 또 자기의 보폭에 맞는 속도를 찾는다면 매일 경험하는 일상에는 소중함이 가득해질 것이다.

프롤로그

나에게 맞는 속도를 찾는 시간 004

1 　 '빠르게'와 '느리게' 사이,
　 　 보통의 속도로 걷다

IV 마치 여행자처럼, 보통의 속도로 살아가다

V 조금씩 천천히,
보통의 속도로 어른이 되다

I

'빠르게'와 '느리게' 사이,

보통의 속도로 걷다

그저
　　발을 뗀다는 것만으로도

．

．

모든 걸음이
꼭 앞으로만 나아가야 하는 건 아니다.
그냥 제자리에서 걷기만 하는 것도
괜찮다.

　　　그 자리에서 걸으며
　　　방향을 결정해보는 것.
　　　모든 걸음은
　　　발을 뗀다는 것
　　　그 자체만으로도 의미가 있으니까.

몸과 마음에
탈이 나지 않게

．

．

산부인과에 정기검진을 받으러 간 날.
의사 선생님에게 좀 많이 피곤하다고 하니
이것저것 물어보시고는
영양제 넣은 수액을 처방해주신다고 했다.
그러고는 덧붙이시는 말.

      심이 피곤할 때는 신을 쉬어야 하고,
      신이 피곤할 때는 심이라도 쉬어야 해요.
      안 그러면 탈 나요.

정신과에 상담을 받으러 온 것도 아니고
몸속 엑스레이를 찍은 것도 아닌데
나를 환히 들여다보고 있는 것 같아
괜스레 눈물이 났다.

'좀 쉬세요'라는 말보다
더 따뜻한 말이 있을까.

영양주사를 처방받고 침대에 누워
몸을 쉬게 해주니 힘이 났다.
몸은 이렇게 누워 있으면 되는데
마음은 어떻게 뉘일 수 있는 걸까.

마음이 쉬지 못하는 이유는
어쩌면, 수많은 걱정 때문일지도.
걱정, 불안, 염려로 꽉 찬 마음은
무겁고 긴장되어 있을 것이다.

마음이 힘을 빼고 쉴 수 있게
조금씩 생각들을 덜어내보기로 한다.
오늘은 어제보다 덜 걱정하기.
내일은 오늘보다 조금 덜 걱정하기.

이렇게 마음의 짐을 줄여주면
몸의 피곤도 줄어들지 않을까.

일 탈

.

.

무책임한 사람이 아닌데
무책임하게 돼.

한 번쯤은,
사소한 거 몇 개쯤은,
무책임하게 내버려 두어도
괜찮지 않을까.

그동안
마음을 다해
애쓰며 살아왔으니까.

인생의
　　　숨을 고르는 타이밍

산에 오를 때는
평지가 나온다고
걸음을 멈추지 않는다.
오히려 기뻐하며 숨을 고른다.

인생이
평지를 걷고 있는 것처럼 느껴져도
멈추지 말자.
일단
숨을 고르며
계속 걸어 나가자.
결국
오르는 중일 테니.

오롯이
나를 드러내는 계절

.

.

겨울이 한참 짙어진 12월 말 서울의 풍경에서 가장 인상
적인 것이 있었다. 나뭇잎이 모두 떨어져 버린 앙상한 나
무들. 이쑤시개처럼 뼈대만 남은 나무들이 빼곡히 지면을
지탱하고 있었다. 한강을 따라 있는 도로와 지방으로 가
는 국도변의 나무들 모두 숨을 죽이고 있었다. 제주의 나
무들은 거의 사시사철 푸르러 풍경만으로는 계절을 가늠
하기 쉽지 않은데 바싹 말라버린 나무의 모습이 외려 이
국적으로 다가왔다. 아이러니하게, 참 '아름답다'라고 느
껴졌다.

겨울은 늘 춥고 힘든 계절로만 여겼는데, 수형을 그대로
드러낸 앙상한 나무들은 봄꽃처럼 아름다웠다. 그해에 뻗
어나간 무수한 잔가지들의 당당함, 해를 보기 위해 굴곡
을 만들어낸 줄기들의 노련함, 태풍과 혹한을 이기고 살
집을 키워낸 나무 기둥의 치열함. 이 모든 것이 겨울이 되

어서야 드러났다. 화려하고 향기롭던 모든 것이 떨어지고 나서야 나무의 아름다움이 보였다. 이파리와 꽃이 나무가 아니었다. 진짜 나무는 겨울에 드러나는 것이었다.

우리의 삶도 우리를 둘러싸고 있는 것들이 하나씩 줄어들 때 가장 본연의 모습으로 빛나는 게 아닐까. 꽃이 떨어지고, 낙엽이 지고 나서야 내가 어떤 사람인지 오롯이 들여다볼 수 있는 것처럼. 그래서 인생에 겨울이 왔다고 슬퍼할 이유는 없다. 겨울에 나는 가장 나다우며, 이쪽저쪽으로 돌아온 인생에서 보이는 노련함과 치열함이 고스란히 드러나게 되는 계절이 바로 겨울이니까.

혹여 당신이라는 나무 안에 촘촘한 단단함이 보이지 않는다 해도 서글퍼 말자. 엉성해 보이는 나를 너무 채근하지 않아도 된다. 밀도 있게 살아갈 수 있는 봄이 되면 그 자리에서 다시 시작하면 된다. 그래서 그렇게 노래하지 않았을까. 지나간 것은 지나간 대로 그런 의미가 있다, 라고.

달 리 생 각 하 면

•

•

돌아갈 곳이 없다는 건
어디든 갈 수 있다는 것이다.

기회는 늘
절망의 끝에서
시작된다.

일상의 아이러니

사람들이 사는 방식은
다 비슷비슷하다.

그래서 일상은
따분하고 지겨운 존재다.

일상에서 벗어나는 일은
두려움이나 설렘 중 하나를 동반하는데
여행을 떠나는 건 설레는 일이지만,
삶에 문제가 생기거나
뜻하지 않게 일상의 궤도를 벗어나는 일은
두려움과 고통을 동반한다.

어쩌면,
따분하거나 지겨운 일상이
가장 고마운 것일 수도.

끝의 너머에도
세상은 계속된다

◦

◦

친구의 아이와 바닷가를 산책하고 있었다.
자갈밭을 지나 물에 닿으려는 찰나,
나는 아이의 발걸음을 멈춰 세웠다.
"여기까지밖에 못 가. 더 들어가면 안 돼."
땅의 끝을 알려주고
더 이상은 가지 못한다고 얘기했다.

해녀복을 입은 할머니 한 분이
마을 쪽에서 걸어오셨다.
그러고는
내가 끝이라고 했던 곳을 향해
느리지만 확신에 찬 걸음으로 걸어가셨다.
바다는 성큼 할머니를 받아주었고
할머니는 나와는 다른 세상으로 들어갔다.

내가 선 땅이
내가 멈춰선 그곳이
끝이라고 생각했는데
누군가에게는 그곳이
세상의 시작이었다.

끝의 너머에도
세상은 계속되고 있었다.

지금
할 수 있는 만큼만

•

•

더 미루다가는 몸이 완전히 퍼질 것 같아 필라테스 학원에 등록했다. 필라테스와 스트레칭을 결합한 운동을 하는데, 정말 오랜만에 몸을 풀어주고 늘려주니 살 것 같다. 평소 무심하게 팽개쳐둔 목근육과 옆구리를 늘려주고 고관절을 풀어주는 동작을 하고 있으면 무엇보다 내가 나를 사랑해주는 것 같아 뿌듯하다. 특히 바닥에 누워 무릎을 세운 뒤 꼬리뼈부터 한마디씩 천천히 천장을 향해 들어 올렸다가, 반대로 경추에서부터 꼬리뼈까지 바닥으로 내리는 연습이 너무 좋다. 인식하지 못하고 있던 내 몸을 위로하고 어루만져주는 것 같아서다.

나는 활자세나 낙타자세처럼 몸을 활짝 열어주는 자세를 좋아하는데 뭔가 막혀 있던 것이 뚫리고 마치 팔과 다리가 길어지는 느낌이 든다. 그러다 보면 자꾸 욕심을 내어 '안 되는 걸 되게 하려는' 수준까지 이른다. 뭔가, 찢어지는 고통을 즐기려 한다고 할까? 그런데 나만 그런 것은 아니었나 보다.

"할 수 있는 만큼만 하세요. 무리하지 마세요."
선생님이 티라미수처럼 부드러운 어투로 말씀하신다. 지금 할 수 있을 만큼만 하고 다른 사람과 비교해서 욕심내지 말라고. 안 그러면 다친다고. 자꾸 연습하다 보면 오늘 되지 않던 자세가 일주일 뒤에는 가능할 거라고. 그러니 너무 욕심내서 무리하지 말라고.

끙끙대며 발목부터 허벅지까지 쭉 펴서 일자로 만들었던 사람들이 조금씩 무릎을 굽히기 시작했다. 손으로 바닥을 짚고 파르르 팔을 떨던 사람들도 팔꿈치까지 바닥에 대며 몸의 하중을 분산했다. 모두의 동작에서 '무리'를 조금씩 빼내었다. 몸이 한결 편해져서인지 거울 너머로 본 사람들의 모습에 옅은 미소가 드리우기 시작했다.

무리하지 말고, 욕심내지 말기. 운동도 정해진 속도가 있는 게 아니었다. 내가 할 수 있는 만큼 내 속도대로 가다 보면 원하는 곳에 결국 다다르게 되는 것이었다.

숲에
겨 울 을 더 하 면

겨울이 되고 눈이 내리면
보이지 않던 산이 드러나고
보이지 않던 산의 존재가 선명해진다.

숲의 깊은 곳까지 겨울이 쌓이니
숲이 이렇게 깊었나 싶게
아득한 곳까지 시선이 닿는다.

무슨 마술일까.
고작
흰색 하나 덧칠한 것뿐인데.

앞으로
나아가지 못하는 이유

"소개로 면접을 보러 갈 때는 몰랐는데, 공개 채용에 면접을 보러 가니까 긴장이 많이 되더라고. 끝나고 면접장을 나서고 나니까 왜 그 질문에 이렇게 대답했을까, 왜 똑 부러지게 대답하지 못했을까, 아쉽고, 속상하고, 조금 분하기도 하고……. 이런 생각과 감정이 너무 복잡해서 일이 손에 잡히지 않아."
오랜만에 면접을 보고 온 친구의 넋두리.

사람과 마찬가지로 직장과 일도 케미가 중요하다. 면접은 회사가 나를 살펴보는 시간이기도 하지만 나도 그 회사를 살펴보는 시간이라고 생각하면 된다. 면접 시간이 유쾌하지 않았다면 앞으로 일을 할 때도 유쾌하지 않을 수 있다. 어쩌면, 면접관을 상사로 만날 수도 있으니까.

"끝난 일은 자꾸 되짚지 않는 게 어때. 이미 끝난 일인데

거기에 에너지를 쓰지 말고 오늘 이후의 일에 대해 생각
해보자. 너를 필요로 하는 곳이 반드시 있을 테니까. 적어
도, 너를 필요로 하는 일이 반드시 있을 테니까. 그걸 찾아
보는 건 어떨까."
친구를 달래기 위해 쏟아내었던 나의 위로.

우리가 앞으로 나아가지 못하는 이유는
앞이 잘 보이지 않아서가 아니라.
앞에 무엇이 있는지 알 수 없어서가 아니라.
자꾸만
뒤를 돌아보기 때문이다.

피 하 지 못 하 는
일 이 있 다

.

.

피하지 못할 일이 있다는 걸
인정하면
삶은 쉬워진다.
분노의 온도가 내려가고
미련이 덜어진다.
후회가 가벼워진다.

피하고 싶은 일을 피하기 위해
아등바등하기보다는
피할 수 없는 일을
잘 겪어내도록 애쓰는 일이
어쩌면, 더 중요할지도.

힘들지 않은
사람들만 만나도 괜찮아

·
·

괜찮아.
너를 힘들게 하지 않는 사람들만 만나도.

네가 유난히 까다로워서가 아니라
너의 포용력이 약해서가 아니라
네가 이 세상을 잘못 살고 있어서가 아니라
문제는
너를 힘들게 하는 사람들에게 있는 거라 생각하고
그냥 무시해도 괜찮아.
그들이 네 가치를 존중해주지 않는걸.

만나면 기분 좋은 사람들만 만나도 돼.
사람을 놓칠까 봐 전전긍긍하지 않아도 돼.
살아보니,
친구가 많은 것보다는
진심으로 나를 이해해주는 한 명이
더 중요하더라.

그러니,
누가 널 힘들게 하면
만나는 걸 거절해도 돼.
끌려다니지 않아도 돼.
나쁜 사람이 되어도 돼.

스스로에게
'나는 왜 이렇게 친구가 없을까'
질문하지 않아도 돼.

세상 사람들을
모두 끌어안고 갈 수는
없는 법이야.

기억이 서서히 사라지고
걸음이 조금씩 느려지듯
사람도 그렇게 정리되더라.
손에 쥔 모래처럼
결국 셀 수 있을 만큼만 남는걸.

그냥 편한 사람을 만나
즐거운 시간을 보내는 게
오늘 할 수 있는
가장 좋은 일인 것 같아.

버리니까
소중해지는 것

.
.

핸드폰을 바꾸려고 매장에 가면 데이터를 옮겨주는 직원이 희한하다는 눈으로 나를 쳐다보곤 한다. 핸드폰을 바꿀 때면 늘 겪는 일, 수많은 전화번호 리스트에 압도된 반응이다.

핸드폰에 저장된 전화번호만 천 개. 한 번 만난 사람, 통화만 한 사람, 여러 번 만난 사람과 친한 사람……. 내 핸드폰에는 수많은 사람이 각각의 이유를 갖고 자리 잡고 있었다. 좋게 말하면 아는 사람이 많은 것이고, 실상은 인맥의 홍수에 치여 사는 번잡함이 고스란히 드러나는 것이었다.

전화번호 하나가 생명줄과도 같았던 삶이라, 그물처럼 엮여 있던 리스트를 꼭 부여잡고 살았다. 기자의 일이라는 게 인맥에 따라 좌우되는 일이 많아 좋은 정보원들의 연락처는 꼭 가지고 있어야 했다. 처음에는 한 사람 한 사람

얼굴을 기억했지만, 나중에는 전화번호와 이름까지 친절히 적혀 있는데도 누구인지 전혀 기억하지 못하는 일도 생겨났다. 그러다 보니 인상착의나 만났을 때 에피소드 같은 것을 적어놓아 기억력을 복원시키는 데 힘을 기울이기도 했다. 그러다 문득 생각했다. 이런 전화번호들이 무슨 의미가 있는 걸까. 전화번호가 모두 사라진다면 나는 많은 것을 잃게 되는 것일까.

어느 날 핸드폰을 집에 두고 나왔는데 생각보다 견딜 만했다. 퀵서비스를 불러 전달받을 수도 있었지만 그렇게 하지 않았다. 전화번호가 없어도 삶은 잘 돌아갔다. 조금 불편한 건 있었지만 그런 대로 연락이 되고 일은 해결되었다. 무엇보다, 일이 해결되지 않아도 세상은 무너지지 않았다. 그런 경험의 끝자리에 이런 질문이 차올랐다. 내 인생에 꼭 필요한 사람은 과연 몇 명이나 될까 하는.

따져보면 사실 삶을 지탱하는 데 그렇게 많은 사람이 필요한 건 아니다. 고민이 있을 때 조언해주거나 우울해질 때 위로해줄 수 있는 사람 하나, 어떤 일이 있어도 나를 믿어줄 수 있는 친구 하나만 있어도 인생은 생각보다 풍요롭게 채워진다. 그럼에도 우리는 더 많은 사람을 원하고, 더 많은 인연을 기대하며 전화번호를 계속해서 채워간다.

최근에 핸드폰을 다시 바꾸면서 전화번호를 하나도 옮겨 담지 않았다. 가족들의 번호와 친한 사람들의 번호 몇 개만 옮겨 저장했고, 나머지는 선을 그었다. 나에게 연락이 오면 그때 저장하면 되지, 라는 명쾌한 선을. 그리고 나니 핸드폰이 한결 가벼워졌다.

얼굴만 아는 사람, 몇 번 인사한 사람과의 인연이 왜 그렇게 중요한 것이라고 여겼을까. 그때의 나는 그만큼 사람을 그리워했는지도 모르겠다. 천 명이 넘는 리스트를 갖고 다니며 어쩌면 마음을 나눌 사람들을 찾고 있었는지도 모른다. 하지만 그 리스트에 의미 없이 저장되어 있는 사람들과 일은 나눌 수 있을지 몰라도 마음을 나눌 수 없다는 것을 오랜 시간이 걸려 깨달았다.

요새 나에게는 전화가 뜸하게 걸려온다. 일주일에 한두 번 정도. 가족들의 안부나 절친한 사람들의 안부 정도밖에 없다. 쉴 새 없이 진동하던 전화기가 방전된 듯 조용하니 좋은 게 하나 생겼다. 전화 하나하나가 반가워지기 시작한 것이다. 바쁠 때 건성으로 받거나 귀찮아하는 마음으로 받았던 전화가 사라졌다. 참 쌀쌀맞다고 엄마에게 지적받던 '어, 왜'라는 대답도 사라졌다. 누군가 나를 기억해주고 안부를 물어주는 것이 참 고마워졌기 때문이다.

오늘도 누군가에게 전화가 오지 않을까, 기다린다. 오지 않아도 좋지만 오면 더 반갑다. 나에게 시간을 내어 전화를 걸어주는 것, 나를 생각해주는 마음이 나에게 닿는 순간이 이렇게 소중한지 그때는 몰랐다.

사람을 버리자,
사람이 소중해졌다.

마음에도
근육이 필요하다

몸에 무리가 가지 않지만 하기에 너무 괴로운 운동이 있다. 바로 플랭크 자세. 몸의 중심 근육인 코어 근육을 강하게 해주는 운동인데 10초 버티기가 힘들다. 지구를 밀어내는 힘으로 바들바들 떨며 버티고 나면, 잠시 쉬었다가 다시 한 다리를 올리고 버틴 뒤 발을 바꿔 올리고 버티기를 계속한다. 여기저기서 신음이 흘러나온다. 그때쯤 선생님이 말한다.

"괴롭죠? 괴로워야 됩니다. 그래야 몸이 튼튼해져요."

50을 세던 나는 못 버티고 털썩 엎드려버렸다. 주위를 둘러보니 버티고 있는 사람들이 있다. 악이든 깡이든, 근력이든 그 무엇이든, 버텨내는 사람들이 있다는 게 대단하다. 못 버티고 드러누운 사람들은 내게 위안이 된다. 나만 힘든 건 아니었구나. 나처럼 못 버티는 사람들도 있구나, 하는 묘한 동질감.

운동을 할수록 운동과 인생이 닮았다는 생각이 든다. 근
육을 만드는 건 괴롭지만, 괴로움을 견뎌내면 튼튼해진
다. 튼튼해지면 건강해지고, 건강해지면 아프지 않다. 우
리는 살면서 마음이 아프지 않기를 바란다. 아프지 않으
려면 마음의 코어가 탄탄해야 한다. 크게 마음을 다치지
않으려면 늘 조금씩 단련해야 한다. 작은 괴로움들은 그
런 의미에서 축복이다.

괴로운 일은
마음의 근육을 만들어주는 트레이닝.
괴로운 일을 겪을수록
나의 마음이 탄탄해진다는 걸 잊지 말자.

그러니
조금만
버티자.

어둠이
나를 집어삼키려 할지라도

앞도 보지 못하고 듣지도 못해 짐승처럼 살았던 장애인 미셸과 헌신적으로 미셸을 가르치고 결국 대학까지 졸업시키는 스승의 감동 스토리를 담은 영화 〈블랙〉. 미셸에게 '불가능'이라는 단어를 가르치지 않음으로 불가능이라는 개념을 설명하지 않던 스승은 어둠 속에 머무르려 하는 미셸에게 이렇게 이야기한다.

"절대 잊지 마.
어둠이 필사적으로
널 집어삼키려고 할 거야.
하지만
넌 항상 빛을 향해 걸어가야 해."

이건 어쩌면
나에게 보내는 응원.

어둠 속에 있더라도
어둠에 지지 말기를
절대, 지지 말기를.

인생도
아 메 리 카 노 처 럼

바리스타 수업을 받았다. 커피를 좋아할 줄만 알았지, 커피에 대해 제대로 배운 건 처음이었다. 원두를 로스팅하는 법, 드립 커피를 내리는 법, 에스프레소 머신을 쓰는 법, 우유 거품을 만드는 법을 배우고 나니 커피가 더 사랑스러워졌다. 그중 신기했던 것이 바로 아메리카노를 만드는 법이었다.

아메리카노는 뜨거운 물에 에스프레소를 섞어 만드는데, 뜨거운 물을 잔에 담은 뒤 그 위에 에스프레소를 추출하면 크레마가 두껍고 향이 짙어 사람들이 좋아한다고 한다. 하지만 컵에 에스프레소를 먼저 추출한 뒤 그 위에 뜨거운 물을 부으면 크레마가 얇게 흩어져 커피가 묽고 신선하지 않다고 느낀다고 한다. 크레마가 깊게 입에 닿을 때 더 맛있다고 느낀다는 것이다. 같은 커피인데, 다른 커피인 셈이다. 문득 이런 생각이 들었다.

인생도

쓴맛부터 시작이라면

좋아할까.

커피 한 모금

인생 한 모금

아메리카노에게 묻는다.

얼마나 더

.
.

산에 오를 때
꼭 듣게 되는 질문 두 개.

얼마나 왔어요?
얼마나 더 가야 해요?

인생의 고비에서
늘 듣게 되는 질문들.

얼마나 지났어요?
얼마나 더 견뎌야 해요?

우리의 질문은
다 비슷비슷하다.

모든 것을 겪어보기 전에는
모든 것을 알지 못한다

.

.

모든 것을 겪어보기 전에는 알 수 없는 것들이 반드시 있다. 아이를 낳아보지 않은 여자는 그 고통에 대해 공감할수 없고, 사랑을 해보지 않은 사람은 사랑 때문에 아픈 사람의 절박함을 모른다. 가난에 쪼들리는 삶을 살아보지 않은 사람은 생계가 막막한 사람의 절실함을 알지 못한다. 그래서 어설픈 위로가 때로는 독이 된다.

내가 아는 것은 내가 겪은 것들에서 얻은 것뿐이라는 사실은 나를 겸손하게 한다. 모든 것을 겪어보기 전에는 나는 모든 것을 알지 못한다. 모든 것을 알기 위해서는 모든 것을 겪어야 하지만, 아이러니하게도 우리는 세상에 벌어지는 모든 일을 겪고 싶어 하지 않는다.

그러니, 어설픈 아는 체나 위로는 하지 말자. 그것은 늘 설익은 상태여서 전달받은 상대의 마음을 탈 나게 할 테니까.

항아리를 깨버릴
작은 용기 하나

.

.

가나의 말 중에 이런 말이 있다고 한다. 물 길으러 떠난 사람이 항아리도 깰 수 있는 법이라고. 물을 길어오기 위해 먼길을 떠났다가 돌아오는 것이 생활이었던 가나인들 사이에 떠도는 말이라고 했다. 뭔가 이루기 위해 노력하다가 실수를 한 사람에게 위로 혹은 격려 차원에서 쓰는 말일 것이다.

그런데 나에게는 왜 이 말이 '물 길으러 떠났다가 마음이 바뀌어서 항아리를 깨버릴 수도 있지'라고 들렸던 걸까. 삶의 수단인 항아리를 실수로 깨트렸다기보다는, 물을 길어오기 싫거나 생각이 바뀌어 스스로 항아리를 깨버린 게 아닐까, 하고 이해한 것 같다. 혹은 물을 공급할 다른 아이디어가 생각났을 수도 있고.

항아리를 깨든 항아리가 깨지든, 분명한 것은 항아리는

깨졌다는 것이다. 주워 담을 수 없는 일이고, 움켜쥐고 있던 것을 놓았으니 새로운 것을 잡을 두 손이 생겼다. 그것이 새로운 항아리든, 우물을 파보겠다는 용기든 간에 분명한 건 새로운 길이 열릴 가능성이 있다는 것이다.

나는 어떤 사람일까. 스스럼없이 항아리를 깨며 늘 변화할 수 있는 용기가 있는 사람일까. 혹은 내가 갖고 있는 항아리가 깨진다 해도 그때 이 말을 기억하며 위로받을 수 있는 사람일까.

돌아보니 내 인생에 깨어진 항아리 파편들이 많다. 실수로 깬 적도 많고, 내가 던져서 깬 적도 많다. 이 파편들을 보고 다른 누군가는 항아리를 던질 용기를 얻기도 했고, 때로 그 파편들은 나 자신을 격려하기도 했다. 내 삶은 그런 깨어진 항아리 조각들로 가득 차 있다. 세상을 뒤바꾸겠다는 거창한 포부 대신 나는 항아리를 깰 작은 용기 하나를 꿈꾼다. 늘 그렇게 변화하고 늘 그렇게 도전하는 사람이기를.

손을
잡아준다면

.

.

병원에 가는 길.
엘리베이터를 타지 않고
걸어 올라가려는 그에게 물었다.
"몇 층이야?"
그는
물음에 답하지 않고,
대신 손을 내밀었다.
나를 이끌며
먼저 걸음을 내딛어주었다.

보통의 삶이 이런 식이라면
걸어볼 만하겠다는 생각이 들었다.
어디로 가는지,
얼마나 가야 하는지,
어떻게 가야 하는지
알 수 없더라도

누군가
내 손을 잡고 이끌어준다면
안심할 수 있지 않을까.
긴장을 늦추고
길이 선명하지 않더라도
걸어갈 수 있지 않을까.

호 우 경 보

·

·

호우경보가 발효된다.
약속을 미룬다.
태풍경보가 뜬다.
일정이 취소된다.
강풍 특보 알람이 들어온다.
비행기가 결항된다.

날씨와 상관없이 살던 삶에서
날씨와 밀접한 삶을 살아보니
왜 그리 떼쓰고 우기며 살았나…
삶의 모든 순간에
촘촘히 박아놓은 고집들이
큐빅처럼 가치가 없다는 것을
이제야 깨닫는다.

보통의 속도로 걷기 위해 필요한 건

보통의 고집.

조금 더 느긋한

혹은 나긋한

인생이 되고 싶다.

II

서서히 스며들듯이,

보통의 속도로 사랑하다

예 쁘 다

.

.

활짝 피지 않아도
굳이 웃지 않아도
색깔과 상관없이
꽃은 예쁘다.

너도 그렇다.

사박사박
눈 내 리 는 밤

      ·

      ·

겨울의 밤은
해구의 터널처럼
불현듯 깊어진다.
발갛게 물드는 처마 사이로
어느새 내려앉은 심연의 어둠.

코끝까지 와 있던
겨울밤이 주저주저하다
단번에 어둠을 펼쳐내는 사이
구름 끝에 달린 물방울들은
공중낙하를 시작한다.

사박사박
어둠 위로
빛이 내리고

다시 하얗게 얼어붙는
심연의 밤.

지그시 감고 있던
내 마음에
길 하나 난다.

네가 밤사이 다녀갈
하얀 길이 난다.

할 거라면

.

.

좋아하는 사람과 해.

사랑도,

이별도.

Kiss

.

.

너와 나의 마음이
포개진 자리.
뜨겁고
숨이 찼고
심장이 뛰었다.

입술 끝에 매단
네 마음 달콤해
눈도 뜨지 못한 채
그 마음 맛보고 싶던
그 밤.

사랑은
무심하고 시크하게

.

.

화초를 잘 가꾸는 사람들이 있다. 일명, 죽어가던 화초도 살려내는 사람들. 반면 잘 살고 있던 화초도 그 손에만 들어가면 사망해서 나오는 사람들이 있다. 나는 전자에 속한다. 한 번도 화초 기르는 법을 배운 적은 없지만 부모님이 집안에 화분을 많이 들여다 놓고 키우셔서 보고 자랐다. 엄마는 늘 '줘야겠다 싶을 때 물을 주면 돼' 혹은 '물을 달라고 할 때 주면 돼'라고 하셨고 우리 집에는 이런 방식으로 30년 이상 커뮤니케이션을 이어온 화초 어르신들이 수두룩하다.

화초를 잘 키우는 사람들이 공통적으로 하는 말은 '물을 너무 많이 주지 마라'라는 것이다. 대부분 식물이 죽는 이유는 과습이다. 매일매일 사랑스럽게 화초를 쳐다보면서 막 사왔을 때의 생생한 모습으로 있기를 원한다. 뭔가 시들한 것 같아 보이면 물을 주고, 뭔가 건조한 것 같아도 물을 주고, 자꾸만 물을 준다. 다분한 사랑 덕에 물을 너무 많이 먹은 식물은 결국 뿌리가 썩어 죽어버린다.

부모님이 지닌 식물과의 커뮤니케이션 능력은 나에게도 이어졌다. 나는 매일매일 식물을 쳐다본다. 사랑을 듬뿍 담아. 하지만 물은 주지 않는다. 다음날도 쳐다보고, 또 쳐다만 보고, 물주기는 미룬다. 화분을 들어보기도 하고, 흙을 손으로 만져보기도 한다. 그렇게 며칠, 혹은 일주일 이상을 지내다보면 '아, 이 녀석이 진짜 목이 마르구나' 싶은 순간이 온다. 그때 물을 준다. 뭐랄까, 너무 사랑하지만 시크하고 무심히 지낸다고 할까. 마치 고양이처럼.

사랑도 비슷하다. 매일매일 쳐다보며 잎을 만져주고, 또 가끔씩 분무를 해주어 공중습도를 높여주지만, 물을 주는 타이밍은 아주 신중하다. 적절한 타이밍에 과하지 않게 물을 줘야 오래 살아남는다. 그리고 결국 식물은 나의 물 주는 습관에 적응하게 된다. 사랑은 길들이는 것이라는 말은 여기에서 나온 게 아닐까. 사랑도, 숨이 막히도록 퍼붓는 것이 아니라, 한여름 장맛비처럼 쏟아붓는 것이 아니라 고양이처럼 길러야 하는 것 같다. 정말 사랑하지만 시크하고 무심히. 그렇게 할 때 사랑은 늘 푸르게 유지되는 게 아닐까.

사랑에 사로잡히다

사랑은 사로잡히는 것이다. 사랑의 주체가 나이기에 '능동의 것'처럼 보일지 몰라도 실제로는 사랑에 끌려 다니는 '수동의 것' 쪽에 가깝다. 온 신경이 전화기에 쏠리고, 상대의 표정과 단어 하나하나에 내 삶은 천국과 지옥을 왕복한다. 상대방이 '이제 네가 별로야'라고 할까 봐 두렵고, 사랑받기 위해 온힘을 쏟는다. 인정받기 위해 부단히 노력하고, 검증을 통과하기 위해 주변 사람들에게마저 친절을 베푼다. 나는 철저히 상대방에 의해 좌우된다.

행동의 주체는 나이지만, 그 행동의 수혜를 입는 것은 내가 아니라 상대방이다. 이런 면에서 사랑은 충분히 이타적이다. 옴짝달싹 하지 못함. 사랑은 그런 것이다. 그래서 사랑을 대변하는 '열정passion'은 수동을 뜻하는 'passive'와 닮았다는 말이 맞는지도.

사랑받는다는 건

사랑할 때
예뻐지는 건
사랑하기 때문이라기보다는
내가 누군가에게
인정을 받는 사람이 되었다는 게
기뻐서일 것이다.
내가 괜찮은 사람이라는 걸
누군가 증명해주어서일 것이다.

사랑받는다는 건
인정받는 것이다.

단 짠 단 짠,
         사 랑 의 레 시 피

레몬과 소금을 묻힌 데킬라 한 잔.
땅콩버터와 딸기잼을 듬뿍 바른 샌드위치.
진한 에스프레소에 달달한 크림과 소금을 얹은 시솔트 커피.

단맛 위로 파고드는
짭쪼름한 짜릿함.
각각 다른 맛들이 만나
더 강렬한 맛을 내는 마법의 레시피.

          어쩌면 사랑도
          단짠단짠.
          그래서 사랑은
          마법 혹은 중독.

너 의
　　목 소 리 가 　들 려

．
．

세상의 모든 소음을 뚫는
가장 또렷한 너의 목소리.

내 마음이
　　　일렁이던 건

．

．

서양의 춤은
움직이기 위해 정지하고
동양의 춤은
정지하기 위해 움직인다고 한다.

　　　내 마음이 일렁이던 건
　　　네 앞에서 멈추기 위해서였을 거다.

당신이라는
바다에 묻는다

．

．

도외 사람들에게도 잘 알려진 애월이라는 읍은 사실 굉장히 넓다. 과거 소길댁이 살았던 소길리는 한라산 쪽에 가까운 중산간 마을이고, 아래 바닷가 쪽으로 가면 고내포구, 애월항, 곽지해수욕장으로 애월 바다가 이어진다.
같은 바다인데 해수욕장과 포구의 분위기는 사뭇 다르다. 카페와 맛집, 에메랄드 바다가 감싸고 있는 해수욕장에 낭만과 감성이 있다고 하면, 고기를 잡는 배가 드나드는 포구에는 어부들의 땀과 열정이 있다.

오후 서너 시 무렵 곽지해수욕장의 바닷가 카페에 앉아 지나가는 배들을 보고 있었다. 밤에 고기를 잡는 어선들은 좋은 자리를 차지하기 위해 오후부터 바다로 나선다. 그런데 배들은 포구에서 출발해 해수욕장을 지나 먼 바다를 향해 갔다. 고기잡이를 마치고 귀항해 정박할 때도 배는 포구로 향했다. 배는 해수욕장 쪽으로는 오지 않았다.

'남자는 배, 여자는 항구'라는 노래가 불현듯 떠올랐다. 아, 모든 남자는 배이지만 모든 여자가 항구는 아니구나. 아무 해변에나 배가 들어올 수 있는 건 아니구나. 그런데 우리는 모두 항구인 줄 착각하고 살았구나……. 이런 깨달음이 왔다. 배는 닻을 내릴 수 있는 포구에만 정박이 가능하다. 같은 바다라 해도 포구인지 해수욕장인지, 그냥 해변인지에 따라 배가 들어올 수 있느냐 없느냐가 나뉘는 것이었다.

사랑이 잘 이루어지지 않고 있다면, 나를 돌아볼 필요도 있다. 나는 배가 안전하게 들어올 수 있는 부두인지, 아니면 부드럽고 아름다운 해안선을 갖고 있지만 배가 지나칠 수밖에 없는 해변인지, 또 방향을 알려주는 등대와 배를 매어놓을 수 있는 튼튼한 마음의 선착장이 나에게 있는지 잘 살펴야 한다.

아름다운 해변은 보기에는 좋을지 몰라도 배가 정박할 수는 없다. 아름다운 해안선도 긁히고, 배도 다칠 수밖에. 이십 대의 청춘이 아름다운 해변이라면 삼십 대의 청춘은 어쩌면 항구로 변해가는 과정일지도. 고된 파도를 뚫고 나와 평온함에 정박하려는 사람들에게 당신은 어떤 바다일지. 당신이라는 바다에 묻는다.

나 의 봄 은
　　　너 무 어 렸 다

·

·

나의 봄은
너무 어렸다.
너무 일찍 피어나
봄인 줄도 몰랐다.
꽃인 줄도 몰랐다.

사랑인 줄도 몰랐다.

사 랑 의 도 수

소주처럼 쓴 사랑도 있고, 맥주처럼 시원한 사랑도 있다. 와인처럼 마음의 거리감이 필요한 사랑도 있고, 보드카처럼 매일 마음이 변하는 사랑도 있다.

소주 같은 사랑은 쓰지만 빨리 발그레해지고, 헤어진 뒤에 후유증도 적다. 서민의 술답게 그 사랑은 복잡하거나 어렵지 않다. 속을 보호해줄 국물과 잘 맞는 소주 같은 사랑은 마시는 순간 늘 뜨겁다.

알코올 농도가 낮아 빨리 취하지 않지만 갈증의 순간마다 생각나는 맥주 같은 사랑은 어떨까. 부드러운 거품이 쓰다듬는 순간 입술이 열리고 목말랐던 그리움이 상쇄되는 기분. 쉽게 배가 불러 국물보다는 씹을 거리가 필요한 사랑. 소소하고 잔잔한 감동들이 삶의 안주로 존재하는 그런 사랑.

보드카는 강한 술이다. 파리에서 알게 된 러시아 친구가 보드카는 혀에 닿지 않게 목구멍에 턱, 한 번에 털어 넣어야 한다고 했다. 목이 타들어가는 40도의 강한 술답게 마시는 방법도 비장하다. 보드카는 여과 과정이 독특한데 증기가 된 알코올이 숯과 모래를 통과하면서 향과 맛이 걸러진다고 한다. 그래서 무색 무미 무취인 것을 최고로 친다고 한다. 냄새도 없고 맛도 향도 없어, 그날의 기분과 감정에 따라 술의 느낌이 다르다고. 그렇게 보드카는 내 마음을 알리는 술이 된다.

와인은 다른 술과는 달라 마시는 법도 조금 까다롭다. 소주야 소주잔에 따라 쭉 들이키면 되고 맥주도 맥주잔에 따라 시원하게 마시면 되지만 와인은 그렇지 않다. 와인 잔은 베이스와 볼, 립, 스템으로 나뉘어져 있는데 볼을 잡고 마시면 잔의 온도가 올라가 와인의 맛이 변한다. 담는 순간부터 마시는 순간까지 쉽지 않다.

우리에겐 어떤 사랑이 좋을까.

손을 언제 어떻게 잡아야 할지 몰라 고민하던 사랑.

카나페나 와인 디캔더처럼 다 낯설기만 해

아름다워 보이지만 익숙하지 않은 와인 같은 사랑?

아니면 매일매일 기분에 따라 느낌이 달라지는

보드카 같은 사랑?

단순하고 복잡하지 않은 소주 같은 사랑?

청춘을 지나온 지금에서 돌아보면, 맥주 같은 사랑이 좋은 것 같다. 와인 같은 사랑은 멋있지만 복잡하다. 이제는 이것저것 재고 싶은 마음이 없다. 소주는 뜨겁지만 오래 가지 못한다. 적당한 거품과 적당한 도수의 맥주 같은 사랑이 우리가 원하는 사랑이 아닐까. 갈증도 해소시켜주고 포만감도 주고, 치맥도 가능하고 소박한 안주 하나만으로도 즐거운 그런 보통의 사랑을 가능하게 하니.

우리가
만나야 한다면

.

.

우리는 마주친 적이 없을 거예요. 일이 생겨 동생에게 줘 버린 김동률 콘서트의 내 옆자리에 앉은 사람이 당신일 리 없어요. 대출 중이던 책이 들어왔다는 알림에 부리나 케 달려가 가져온 그 책이 당신의 가방에서 나온 건 아니 겠죠. 홍대 지하철역 앞 포장마차에서 당신이 건네고 간 천 원짜리를 내가 거스름돈으로 받은 적은 없을 거예요. 옆 차선으로 끼어들지 못해 난감해하고 있을 때 속도를 줄이고 양보해준 운전자가 당신일 리는 없어요. 당신이 살까 말까 망설이다 사지 않은 LP판을 산 사람이 나는 아 닐 거예요. 열 살 어린이날에 찍은 가족사진 속에 배경처 럼 지나가던 개구쟁이가 당신일 리는 없어요. 아직, 운명 이 될 시간이 되지 않았으니까요. 서른 번의 우연 중 스물 다섯 번째의 우연일 뿐, 우린 아직 운명은 아니니까요. 남 은 다섯 번의 우연도 일어나겠죠? 우리가 만나야 한다면.

밤 이 라 서

.

.

기침은 밤에 심해진다.
그리움도 그렇다.

사랑의 냄새

.
.

세 번째로 이사 온 제주 집은 안거리와 밖거리, 이렇게 두 채의 집으로 되어 있다. 제주는 부모와 자녀가 함께 사는 경우가 많아 이렇게 '따로 또 같이' 살림을 하며 사는 게 전통이라고 한다.

우리 뒷집에는 '뽀뽀'라는 러시안블루 고양이가 있었다. 그런데 이 고양이는 우리가 이사 온 날부터 우리 집 마당에 와서 계속 살았다. 고양이가 경계심이 많다고 누가 그런 건지. 처음 본 나에게 느긋하고 나른하게 다가와 몸을 비벼댔다. 내 다리 사이로 쓱 지나가며 털을 비볐다. 낮에는 바닥에 뒹굴며 일광욕을 하고, 밤에는 우리 집 보일러 실로 들어가 따뜻한 보일러 위에서 잠을 잤다. 어느 날인가 집에 현관문을 열었는데 쏜살같이 들어와 의자에 앉았다. 내보내려고 번쩍 들었는데 고양이가 솜털처럼 가벼워 놀랐다. 영양실조인가 싶어 결국 고양이 사료를 사와 밥을 먹였다. 뽀뽀는 늘 우리 집에 와서 밥을 먹고, 물을 마셨다. 우리가 고마웠는지 가끔 생쥐도 잡아 선물로 내놔 우리를 놀라게 하기도 했다.

옆집, 앞집, 골목 끝집 어른들은 고양이의 안부를 우리에게 물었다. '우리 고양이 아니에요' 했는데도 소용이 없었다. 어느 날, 뒷집 고양이 주인의 모습이 보여 담 너머로 인사를 했다. 내가 뽀뽀에 대해 물었다. 원래 딸이 키우던 고양이인데 시집을 가고 나서 집에서 잘 돌보지 않는다고 했다. 밥은 주는데 예뻐해주지 않으니 사랑이 고팠나보다. 그렇게 고양이는 사랑의 냄새를 맡아 우리에게 왔다.

7, 8개월을 어울려 지낸 어느 여름, 뽀뽀가 안 보이기 시작했다. 어디 아픈가 생각했지만 남의 집 고양이라 대놓고 찾을 수도 없었다. 한 주가 지나고 두 주가 지나자 불안해지기 시작했다. 나이도 열 살이 넘은 노묘인데 아프면 어떻게 하나 걱정했다. 3주가 지난 어느 날 뒷집에서 물어왔다.

"혹시 뽀뽀 본 적 있어요? 너무 오래 안 보이네."
그때 알았다. 아, 고양이가 사라졌구나. 마지막으로 봤을 때 귀와 몸에 상처가 좀 있었는데, 주변 길냥이들과 싸우고 많이 아팠나보다. 고양이들은 주인 곁에서 멀리 떨어져서 죽으려는 습성이 있다고 하는데, 어쩌면 자기의 죽음을 예감한 뽀뽀가 귤밭 너머로 멀리 사라졌을 수도 있다. 좀 더 사랑해줄걸. 사랑이 고파 찾아온 아이였는데.

아니, 어쩌면 우리에게 사랑을 주기 위해 찾아온 아이였는지도 모르겠다. 자기에게 남은 시간이 얼마 없다는 걸 알고 그 사랑을 남길 자리를 찾아 우리에게 온 게 아닐까. 우리에게 어떤 사랑의 냄새가 났을까. 경계심 강한 고양이가 쉽게 마음을 내어줄 정도의 달큰하고 포근한 냄새가 흘러나왔을까. 뽀뽀를 부르는 목소리에서 그 냄새를 맡았을까. 쓰다듬는 손길에서 따뜻한 체취를 맡았을까.

문득, 뽀뽀가 그리워지는 밤이다. 어쩌면 그 고양이가 늘 묻히고 다니던 겨울 냄새가 진하게 밀려온 밤이어서인지도.

가을,
두 사람

.

.

억새가 피어 있는 오름을 걷고 있었다. 바람이 휙, 불자 바람길을 따라 억새가 결을 누이며 금빛으로 반짝 빛났다. 길이 없는 곳으로 계속해서 걸었다.

길이 어디인지 알 수 없었지만 그런 것쯤은 상관없었다.
언덕만큼 낮고 소담한 오름에 올라 바라본 바다.
하늘과 바다가 맞닿아 어디가 수평선인지
가늠할 수 없을 정도로 아름다운 제주의 저녁이었다.

오름의 끝에는 등받이가 된 돌담과 폭신한 잔디 쿠션이 마련되어 있었다. 인기척에 놀란 노루가 소리를 지르며 몇 번 텀블링을 하다 한라산 방향으로 달음질쳤다. 노루에게서 저런 괴상한 울음소리가 나다니. 노루에 대한 환상이 깨진 우리는 깔깔거리고 웃었다.

조금씩 어둑해질 즈음, 달이 조금 선명해지자 그가 손을 잡았다. 바람을 따라 성시경의 '두 사람'이 흘러나왔다. 달빛 아래 두 사람, 하나의 그림자. 담담하면서도 달콤한 목소리였다. 제주의 작은 오름 어디쯤에 있는 두 사람을 보면서 노래하는 것처럼 모든 가사 구절이 우리의 이야기를 써내려가고 있었다. 그렇게 이 노래는 나의 삶에 중요하게 각인되었다.

　　가을이 되면, 달이 떠오르면, 억새가 반짝거리면, 이 목소리가 늘 바람을 따라 찾아와 내 귓가를 맴돈다.

불협화음

.

.

"우리 족발 먹자."
"남의 발을 왜 먹니."

밥 고민하다
날 웃게 만든
당신의 유머.

나쁜 남자

.

.

열일곱 살짜리 사내 녀석에게 물었더니
여자한테 잘하는 건 본능이란다.
하지만 엄마는 열외.

쯧쯧.
너의 그녀도
언젠가 엄마가 된단다.

나에게 맞는
신발을 찾아가듯

.

.

굽이 높고 예쁜 구두,
예전엔 불편하더라도
마음에 들면 사서 신었다.

선배가 그랬다.
사랑은
신발을 고르는 것과 비슷하다고.

사랑은
나에게 어울리는 신발을 고르거나
신발에 어울리게 내 스타일을 바꾸는 일이다.

결혼은
발에 꼭 맞는 신발을 찾는 일.
처음엔 물집 잡히던 가죽 구두도

시간이 지나고 길이 들어
세상 편한 신발이 되기도 하고
처음 신은 구두인데
오랫동안 함께 해온 듯
정말 편한 신발도 있다.

청춘일 때는 힐을 신지만
중년의 그녀들이
컴포트화나 단화를 신는 건
다 이유가 있다.

그건,
사랑이 끝나서가 아니라
편안함이 행복을 가져다준다는 걸
깨달았기 때문이다.

당신도
길을 잘 들이거나
편한 신발을 꼭 찾기를.
함께 발자국을 이어갈
아름다운 동반자를 꼭 만나기를.

연애와 결혼의 차이

연애가 커플링이라면
결혼은 다이아몬드링이다.

연애는
사이즈만 다른
남자와 여자가
서로 같은 모습으로
반짝이는 것이라면

결혼은
상대가 더 잘 빛날 수 있도록
보호하고 받쳐주는
가드링이 되는 것이기에.

동백꽃 질 무렵

•
•

겨우내 빨간 꽃을 피웠던 동백꽃이 툭, 하고 떨어졌다.
목 전체를 꺾어버리고
꽃이 송이째 떨어지는 모습이 신기했다.

시들지도 않았는데
꽃을 떨어내는 것도 묘했다.
겨울을 빨갛게 꽃피워주었던 동백은
지는 순간에도 초라하지 않은
당당함으로 땅과 조우했다.

사랑이 동백꽃 같다면.

겨우내 붉게 활짝 피고

봄이 오기 전

한순간에 주저 없이 떨어져 버리는,

그렇게 뜨겁고 흩어지지 않는 사랑으로

계속될 수 있다면,

가장 찬란했던 아름다움만

남을 수 있다면.

Love / Lost

·

·

사랑은
목적지가
아니라
길이다.

그래서
사랑 속에서는
모두가
길을
잃는다.

사 랑 의 속 도

·

·

네가 봄의 속도로 다가왔으면 좋겠다. 빠르게 다가왔다가
어느 지점에서 정차하는 바람에 애가 타지도 않고, 너무
느리게 왔다가 어느 변곡점에서 갑자기 달음박질을 하는
바람에 숨을 헐떡거리지 않아도 되는 적당한 속도. 누구
든 봄이 오는 걸 알아챌 정도로 꾸준히, 그러나 서서히 진
행되는 바로 그 속도로.
우리가 길들여진 사랑의 속도는 아마 이 정도일 것이다.
세상의 사랑이 혼잡스러운 건 이 적정 속도를 잃거나, 혹
은 무시하는 사랑들이 여기저기에서 무질서하게 운행되
기 때문이다.

사랑이 동행이 된다는 것

·

·

늙어간다는 것은 외로운 일이고 나이 들어간다는 것은 어
려운 일이다. 살아온 날들에 대한 책임을 지는 나이가 되
어가기 때문이다. 책임의 가짓수도 늘어나고 무게도 더해
지는데 청춘일 때만큼 버틸 힘은 이미 많이 써버렸다. 그
래서 그 과정을 함께 걸어가 줄 수 있는 사람이 있다는 것
만으로도 안심이 된다. 그 무고한 책임을 혼자 지지 않고
나누어 질 수 있다는 것만으로도 위안이 된다. 그래서 결
혼은 사랑으로 시작해 동행으로 이어지는 둘의 여정.

> 사랑이 동행이 되는 건. 남녀의 마음이 변
> 해서가 아니라 마음이 하나로 합해졌기
> 때문이다.

III

아쉽지도 아프지도 않게,

　　　보통의 속도로 멀어지다

너의 마음이 저무는 곳

.

.

너의 마음이 저무는 게 아쉬워.

너의 마음이 저무는 곳,

서쪽 그 어디일까?

조금 더 서쪽으로 발걸음을 옮기면

네 마음이 늦게 저물까?

서쪽으로 돌고 돌아

마음이 떠오르는 곳까지 다다르면

그땐 다시 시작할 수 있을까,

우리.

너 라 는
바 다

.
.

고된 여행 끝에 닿은 너는
샘이 아니라 바다였다.
바라보기엔 좋아도
갈증을 풀 수 없는,
결코
마실 수 없는
너의 사랑.

그렇게 겉돌다가
지치고 마는
너라는 바다.

아픈 것에
집중하지 않는다면

.

.

한라산 중턱 신비의 도로 근처에 지인이 운영하는 치유 프로그램에 초대를 받았다. 스트레칭과 힐링타임을 가진 뒤 비건 브런치까지 이어지는 오전 풀코스. 오전 9시, 편한 운동복 차림으로 앉았다. 힐링 스튜디오는 햇빛이 차분하고 깊게 들어와 초겨울 공간을 따뜻하게 채웠다. 한라산을 바라보며 스트레칭을 하는 일은 생각보다 너무 여유로워 먼 여행을 떠나온 다음 날의 아침처럼 느껴졌다.

한 시간 반 정도의 스트레칭과 힐링이 끝나고, 맨발로 화산송이길을 걷는 시간이 있었다. 작고 뾰족뾰족하게 잘라진 화산송이 위로 맨발을 올렸다. 두 발을 올리는 데까지는 성공했는데 한 발을 앞으로 떼고 몸무게를 실으니 통증이 몰려왔다. '아~아악' 곳곳에서 비명소리가 들렸다. 나보다 열 걸음 앞서가던 두 여성은 깔깔대며 아픔을 중화시키고 있었고, 나보다 서너 걸음 앞서가던 여행자 한

명은 반쯤 움직이다 포기하는 것처럼 보였다. 나는 최대한 가볍게 밟고 지나가려 했지만 발은 하중을 오롯이 다 담아내느라 고생 중이었다. 15미터 정도의 짧은, 그러나 멀고 멀었던 코스가 거의 끝나갈 무렵 우리를 지켜보던 선생님이 말했다.

"도전해보고 싶으신 분들은 한 바퀴 더 돌아보세요."

그 말에 갑자기 한 바퀴 더 돌아보고 싶은 생각이 들었다. 최근에 뭔가 도전해본 일이 별로 없어서였을까. 토요일 오전을 깨울 만큼의 소소한 도전 욕구가 올라왔다.

한 바퀴를 끝낸 나는 이번엔 속도를 내어 초속 2미터의 속도로 성큼성큼 걸어 나갔다. 시선은 위로 고정. 발은 보지 않았다. 이상했다. 뾰족뾰족한 돌은 여전히 그대로였고, 그새 굳은살이 배인 것도 아니었는데 발바닥이 아프지 않았다. 아니, 덜 아프게 느껴졌다.

발이 아픈 것에 집중하지 않으니 별로 아프다고 느껴지지 않았다. 아픈 '발'에 집중하거나 발이 '아프다'는 것에 집중하면 아픔은 고스란히 온몸으로 전달된다. 하지만 원래 바닥이 이렇겠거니 원래 아픈 것이겠거니, 생각해버리니 신기하게도 참을 만한 통증이었다.

사랑도 이렇게 생각했다면 좋았을걸.
이별도 아픈 것에 집중하지 않았다면
쉽게 지나갔을 텐데.

그땐 아무것도 몰랐다.

시 차

가을이 왔는데
여름이 아직 가지 않았을 뿐이다.

이별이 왔는데
사랑이 아직 가지 않았을 뿐이다.

그건
사랑이었을까

．

．

참 신기하다.
사랑이 이렇게 아프지 않을 수 있다니.

늘 좋은 건 아니지만
투닥거리거나 토라지기도 하고
서운한 일도 생기지만

이렇게 함께 걷고
서로 어루만지고 또 위로하고
나를 주장하기보다는
상대를 이해하려고 노력하고
계속해서 함께 걸어 나간다.
서로의 속도를 맞추며 걷는다.

어떤 순간에도

마음은 끝을 생각하지 않는다.

미래는 막다른 길을 향해 가지 않는다.

그 아팠던 모든 것

그건 무엇이었을까.

그건 사랑이었을까.

열망의 뒷면,
절망의 앞면

열망은 절망의 또 다른 이름이다. 우리는 가지지 못한 것들, 해보지 못한 것들을 열망한다. 사랑을 해보지 못했기에 사랑을 열망하고, 그 사람을 가지지 못했기에 그 사람을 열망한다. 그래서 모든 열망의 시작은 공허이자 부재이며, 열망은 절망의 또 다른 이름이다. 아이러니하게도 사랑을 열망할수록 절망이 더 커지고, 그를 원할수록 내 안의 공허함이 커져 상대적으로 더 비참해짐을 느낀다. 열망의 무게가 무거워질수록 절망은 더 깊어지고, 절망이 커질수록 열망은 나를 사로잡고 압도한다. 열망하지 않으면 절망할 일도 없지만, 또한 그것이 우리를 다치지 않게 하는 길이라는 걸 알면서도 우리는 끝없이 무언가를 열망한다. 특히 가장 가지기 어려운 사람의 마음을.

Hide and Seek Love

·

·

지금은 대단지 아파트촌이 되어버린 약수동 고개에 살던 시절. 언덕을 올랐다가 다시 내리막길로 내려가면 골목 끄트머리에 우리 집이 보였다. 2층 같은 3층짜리 빌라였는데, 비슷한 또래 아이들이 함께 살면서 마당 같은 데서 같이 놀았던 기억이 난다. 여름밤이면 마당에 돗자리를 깔고 수박을 썰어 먹으며 피서를 하기도 했다. 캠핑장이 따로 없었다. 마당이 캠핑장이었고, 옛날의 우리는 그렇게 같이 자라났다.

어릴 적 자주 하던 놀이 중 하나가 숨바꼭질이었다. 언덕 너머 구멍가게 위쪽으로는 숨지 않기, 자기 집에는 숨지 않기 등 숨을 수 있는 공간의 선과 규칙을 정해 숨었다. 우편함 옆 공간에 쪼그려 있거나, 벽 틈에 숨어 있거나, 현관 담장을 넘어 문 뒤에 숨어 있기도 했다. 하지만 어느 곳에 숨더라도 술래가 절대 찾지 못할 곳에는 숨지 않았다. 술래의 소리를 전혀 들을 수 없거나, 함께 노는 아이들의 기척조차 들을 수 없는 곳은 위험하고 불안하게 느껴졌다. 절대 찾을 수 없는 곳에 숨는다는 건 게임이 끝나지 않을 수도 있다는 것과 같았다. 적당한 곳에 몸을 감추어 주위 소리를 듣고, 상황 판단을 해야 술래가 자리를 비운 사이 술래집으로 달음박질할 수 있었다. 술래가 찾지 못할 가장 안전한 곳에 숨어야 하지만, 술래가 전혀 찾을 수 없는 곳에 숨으면 안 되는 게 숨바꼭질의 아이러니. 그건 그런 게임이었다.

살다 보면, 숨바꼭질하듯 인생을 사는 사람들이 있다. 특히 연애관계에서 이 놀이에 빠져 헤어나지 못하는 부류가 있다. 연락이 잘 되지 않거나, 잠수를 타버리거나, 힘든 일이 생기면 자기가 만들어 놓은 성안으로 숨어버려 사람을 애타게 만드는 경우가 있다.

지금에서야 조금 뚜렷하게 보이는데, 숨바꼭질을 즐기는 사람들, 혹은 그것에 익숙한 이들은 곁에 두기 편한 스타일이 아니다. 만나면 에너지가 많이 소모되는 사람들이라 선천적으로 마음이 튼튼한 사람들만 그런 사람을 상대할 수 있다. 상대방이 관계에서 숨는, '나를 찾아줘'의 스타일이라면 늘 그렇게 살아왔을 가능성이 크고, 당신이 '너를 찾아내고 말겠어'의 스타일이라면 늘 애태우는 사랑을 했을 가능성이 크다. 그리고 그 둘의 조합은 상처와 애태움이 눌러 붙어버려 떼기 어려워진 것뿐인데, 당사자들은 어떤 특별한 인연이라고 착각하고 아픔마저 미화하게 된다.

상대가 숨는 이유는 크게 보면 하나다. 당신에게 매력을 느끼지 못해서다. 당신에게 방해받고 싶지 않아 들키지 않는 곳으로 숨은 것일 가능성이 크다. 그 누구에게도 자석처럼 끌리는 인연은 있기 마련이라 당신에게는 들키지 않더라도, 다른 누구에게는 들키고 싶은 마음이 있을 것이다. 그러니, 혹 사랑하는 사람으로부터 상처받고 있다면 이 게임에서 빠지는 게 맞다. 게임을 유지하고 싶은 사람은 반드시 상대가 찾을 수 있을 정도의 거리와 난이도로 숨는다는 걸 잊지 말자.

사랑은 숨바꼭질이 아니다. '썸'으로 시작되고 '밀당'의 기간이 있을지 몰라도, 계속되는 숨바꼭질은 가학에 가깝다. 연애할 때 숨는 남자는 여자를 배려하지 않는다. 그러니 사랑과 숨바꼭질하는 데 지쳤다면, 당신의 사랑이 아프다면, 당신이 배려받지 못한다고 느낀다면 이 게임은 접어야 한다. 그건 분명 사랑이 아니기에.

그리움이 닿다

.

.

예고 없이 비가 찾아오듯
너라는 비가 내린다.
늘 그렇듯 속수무책으로
마음이 다 젖고 만다.

흔들리고 흔들리고, 또 흔들리고
비는 늘 그리움을 몰고 온다.
그리움이 너에게 닿을 때까지
비는 그칠 줄 모른다.
언제쯤 그칠까, 이 비는.

하나둘 추억들이 불을 끄면
그땐 비가 어둠에 잠기듯
그리움도 보이지 않을 것이다.
나에게 닿는 길을 찾지 못할 것이다.

그리움이, 사랑일까.
아니, 사랑이었을까.

이별도
운명이라면

만남이 운명이라면
헤어짐도 운명이다.

이별이 힘든 건
운명을 거스르려 하기 때문이다.

오늘의 날씨

.

.

태풍이 몰아치고
언제 그랬냐는 듯
쨍한 오늘의 날씨.

뿌리째 뽑혀
거리에 널브러진 나무들만큼이나
당황스러운 광경.

엊그제 헤어진 연인이
아무렇지도 않게
인스타그램에 올린 사진을 볼 때
그런 느낌일까.

네가
하지 않은 질문

．

．

무슨 일 있냐고,
누가 힘들게 하냐고 묻더라,
네가.

조금 야위었고
말도 없어지고
어두워 보인다고,

이런저런 질문,
걱정하는 눈빛,
'넌 웃는 게 예뻐'
나를 향한 격려까지.
나를 걱정하던 수많은 말들.

'나 때문이니?'
딱 한 가지,
그 질문은 하지 않더라.

그렇게 물어버리면
그렇게 대답을 들어버리면
되돌릴 수 없다는 걸 알기에.

너는 참 명민하게도
중요한 질문만 빼놓고
모든 걸 물어보더라.

나를 위하는 것처럼 애써주었지만
네가 정말 애쓰고 있지 않다는 건
너나,
나나,
우리 둘 다 알고 있었을 거야.

나도,
상처받지 않는 방법을 알 만큼
명민했으니까.

머 리 와 마 음 사 이

·

·

마음으로는 이해되는데
머리로 이해할 수 없는 게 사랑이고,
머리로는 이해되는데
마음으로 이해되지 않는 것이 이별이다.

이 별 처 방 전

．

．

며칠째 속이 울렁거리고, 목이 잠기고 기침이 나와 결국
병원에 갔다. 처음에는 감기겠거니, 조금 쉬면 낫겠거니
했는데 열도 없고, 콧물도 없는 게 감기 증상은 아니었다.
병원에서는 속이 울렁거린다는 증상에 집중했는지, 소화
와 관련된 약을 처방해주었다.

일주일이 지나니 목이 더 아파졌다. 이대로는 안 되겠다
싶어서 다른 병원을 찾아갔다. 의사 선생님은 청진기로
내 숨소리를 들으시고 먼지가 많이 나는 곳에서 일하냐고
묻더니, 소염제와 항생제 등을 처방해주었다. 하지만 아
무래도 항생제는 꺼림직해 이틀 더 고민하다가 결국 호흡
기내과 전문병원을 찾았다.

증상을 자세히 듣던 의사 선생님은 청진기로 숨소리를 들
더니 폐와 코 쪽에 엑스레이를 찍어보자고 했다. 엑스레
이 검사 결과 결론이 나왔다. 원인은 알레르기.

되짚어보니 내가 알레르기 체질이라 환절기 때 가끔 재채기와 가려움증이 올라오곤 했는데, 지금 내 목이 아픈 이유도 그거였다.

알레르기.

의사는 일단 약을 처방해주지만, 근본적으로 체질을 바꾸라고 했다. 채소와 과일을 많이 먹고 물을 많이 마실 것. 알칼리성 체질로 바꿀 것. 그러면 알레르기 증상이 줄어 기침이 잦아들 것이라고 했다. 같은 증상으로 세 군데의 병원을 갔다. 진단도 처방도 제각각. 다행히도 세 번째 병원에서 원인을 알게 되었다.

이별을 치유할 때도 비슷한 것 같다. 이별을 지켜본 사람들마다 제시하는 처방이 다르다. 누구는 '사랑은 사랑으로 잊게 된다'라고 하고, 누구는 '여행을 떠나보라'라고 한다. '시간이 가면 해결된다'라는 처방을 내리는 사람도 많다. 마치 '푹 쉬면 감기가 나을 거야'라고 하는 것처럼. 사랑도 앓고 이별도 앓는 것이라 우리는 병에 걸린 거라고 생각할 수도 있지만, 어쩌면 그건 그냥 알레르기일지도 모른다.

어쩌면.

이별은 마음의 알레르기.

그 마음이 산성이어서,

시고 날카로워서

견뎌내지 못한 사랑이 남기고 간 재채기.

혹은

당신과 내 마음이

맞닿은 온도가 너무 달라

빨갛게 부어올라 버린

물집 같은 것.

지 난 사 랑 을
잊 지 못 하 는 그 대 에 게

·

·

알랭 드 보통이
원소 주기율표를 펼쳐놓고
이렇게 말했다.
"눈에 보이는 모든 것은
실은 이게 전부다"라고.

돌아보니
첫사랑은 산소, 수소, 탄소, 질소, 칼슘, 인이었고,
지난 사랑도 산소, 수소, 탄소, 질소, 칼슘, 인이었다.

산소와 칼슘이 떠났다고
울 필요까지는 없는 거였다.

나와 비슷한
누군가의 이야기

세상에 음악이 없다면, 이별 후에 들으면 꼭 내 맘을 그대로 옮겨놓은 것 같아 더 슬퍼지는 노래가 없다면, 나를 위로해주는 그 노래들이 없다면, 사람들은 어떻게 이별의 아픔을 덜어낼 수 있을까. 음악이 없다면 이별은 지금보다는 덜 감상적이고 덜 슬플지도 모른다. 노래방에 홀로 들어가 토해낼 마음도 없고, 이별의 이유를 조곤조곤 묻는 아이유의 질문에 내 마음을 덧댈 이유도 없는 것이다. 어쩌면 나와 비슷한 사랑을 겪은 누군가의 이야기가 있다는 사실이 치유의 시작점이 된다. 음악은 이별의 그날을 위해 미리 만들어놓은 백신이거나, 혹은 상처가 났을 때 먹는 소염제일 것이다. 이별이 머무는 동안에는 음악을 듣자. 음악이 주는 위로 속에 머물다 보면 그들의 말이 의미 없이 들리는 순간이, 언젠가는 올 테니까. 그렇게 상처는 아물 테니까.

잊 는 것 과
기 억 하 지 않 는 것

·

·

빠르고
쉽고
아프지 않은
방법을 찾고 있어.

내 머리 오른쪽
약 2시 위치에
네가 항상 있거든.

평소에는 숨어 있다가
김동률이나 퀸의 노래를 듣거나
어떤 풍경을 만나면
슬며시 기억을 열고 나와.

널 기억하지 않으려
애쓰는 건 안 되는 거였나 봐.
그냥,
잊어야 하는 거였어.

바보처럼
애만 썼어.

잊는 편이
기억하지 않는 것보다 쉬울 거야.
잊는 편이
기억하지 않는 것보다 빠를 거야.

아프지 않을 거야.

마음이
가난한 사람의 사랑

.

.

"가난한 사람들은 수줍다.
추위를 타고 겁이 많다.
그래서 세상의 첫날처럼
세상의 마지막 날처럼
아주 조금씩만 앞으로 나가본다."

미셸 투르니에는 소심하게 바다로 발걸음을 내딛는 커플을 보고 이렇게 말했다. 마음이 가난한 사람도 마찬가지다. 쉽게 추위를 타기에 늘 사랑을 원하지만, 겁이 많아 그 사랑이 겨울철 담요처럼 자신을 온전히 덮는 걸 두려워한다. 겨우 한 발짝 내딛고 한참을 머무르다, 또 한 발짝 내딛는다. 파도가 머무는 속도보다, 꽃이 피는 속도보다, 낙엽이 떨어지는 속도보다 훨씬 늦어 그 걸음은 여름에도, 봄에도, 가을에도 어울리지 않는다.

그 속도는 어쩌면 동면에 들어간 동물들의 심장처럼 느리고 느려 겨울에 가깝다. 마음이 가난한 사람의 사랑은 늘 겨울이라, 따뜻한 사랑을 가진 사람이 아니고서야 그 곁에 머물기 힘들다. 그래서 자꾸 사랑은 떠나고 사람은 바뀐다. 그렇게 남기고 떠난 마음들을 덧대어 기우고 나면, 언젠가는 그 사람의 마음도 타인을 덮을 만큼의 조각보가 되지 않을까. 그 가난에서 벗어난 마음을 갖게 되는 사람도 그때쯤 그의 곁에 있는 사람일 것이다.

그러니,
내가 사랑하는 사람의 마음이 가난하다면
나에게 버텨낼 힘이 없다면
그냥 걸어 나오는 게 맞다.

입술 끝의
네 이름

네 이름 부르려
입술을 떼니
그리움이 먼저
밀려 들어와
목이 메어 버렸어.

입안 가득 퍼진
그리움을
한숨으로 뱉어내고
입술의 끝에
너의 이름을 매단다.

보이는 것보다 가까운

.

.

친구를 만나러 세화에 있는 카페에 가는 길이었다. 시간이 좀 남아 바닷가에 차를 세웠다. 평소라면 바다를 향해 세웠겠지만, 그날은 왠지 뒷창문 너머의 바다를 보고 싶어 방향을 반대로 돌렸다.

'사물이 거울에 보이는 것보다 가까이 있음'이라는 문구 너머로 바다가 찬란하게 펼쳐져 있었다. 생각보다 가까이 있다는 건, 손에 잡힐 만한 거리일까. 백미러로 손을 뻗어 보았다.

문득 이런 생각이 들었다. 나는 어쩌면 그때 거울 속에 비친 너를 만났나보다. 너무 멀리 느껴져 너에게 닿을 수 없는 줄 알았는데. 진심을 들을 수 없어 진공 같은 밤을 지새웠는데. 어쩌면 너는 생각보다 가까이 있었을 수도 있다. 혹, 나를 열고 나갔다면 한 뼘 더 가까운 너를 만날 수 있었을까. 차가울지도 뜨거울지도 모르는 너의 바다에 발을 담그고 너의 온도를 가늠했을까. 너의 바다는 아무리 보아도 깊고 멀어, 몇 번을 돌아 만나도 그 거리가 좁혀질 것 같지 않았는데. 심연을 기다리는 밤배처럼 마음을 바다에 던져놓고 그저 내버려 두기만 한 건 아닌지.

저 멀리 바다 위 불빛 하나 떠오른다.
그건 그리움이 묻힌 자리일 것이다.

너무 깊은 마음

·

·

깊었구나
참 깊었구나.
너에 대한
내 마음이
참 깊었구나.

너무 깊은 곳에 있어
너를
들여다볼 수
없었구나.

하여
너를 몰랐구나.

너를 많이 기억했어

.

.

이별이
'기억하지 않는 것'인 걸 보면
이별이
'기억을 지우는 것'인 걸 보면

사랑은
기억의 또 다른 이름인가보다.

너와 나는
기억을 했었구나.

너와 나는

오래도록 뜨겁게

서로를 기억했었구나.

함께한 순간에도

떨어져 있는 순간에도

우리는 늘 서로를 기억했었구나.

끝난 사랑 처리법

Q:

끝난 사랑은 어디로 반납해야 하나요?

A:

마음은 재활용품 박스에 넣으시고, 추억은 소각하시면 됩니다. 눈물 묻은 후회와 한숨은 폐기 처분되오니 봉투에 담아 잘 묶은 뒤 박스에 담으세요. 중량이 기본 한도를 초과할 경우 수수료가 부과되니 이 점 유의해주시기 바랍니다.

이제 잊어도 되겠다

.

.

어느 봄. 너를 찾아간 건 다시 시작하자고 떼를 쓰거나 네 안부가 궁금해서는 아니었어. 근처에 갈 일이 있었는데 발걸음이 그쪽으로 향해서 나도 사실 놀랐어. 네가 자주 가던 그 좁은 골목의 카페. 네가 있으면 어떻게 하지, 했던 기대와 네가 없으면 어쩌나 하는 불안 속으로 걸어 들어 갔어.

> 모퉁이를 도니 네 차가 보이지 않더라. 서
> 운한 다행인지, 다행스런 서운함인지 모
> 를 복잡한 감정 속에 뒤돌아 나오는데 마
> 침 걸어오던 너를 만났어.

찰나였지만, 너의 발걸음이 움찔하는 걸 느꼈어. 아, 어쩜 잠깐 멈춰 섰던 건지도 몰라. 내 얼굴을 빤히 쳐다보던 너 는 잘 지냈냐고, 어쩐 일이냐고 물었지. 급할 것도 없었는 데 마음이 조급해진 나는 '지나가던 길'이라고 하고 돌아

나왔는데, 생각해보니 거긴 막다른 골목이었지.

얼굴이 좋아 보여 다행이었어. 일상으로 돌아가 네 자리
를 지키고 있구나. 넌 참 단단해 보였어. 견디느라 애쓰는
건 내 몫이었나 봐. 투정 부리는 것도, 보채는 것도, 토라
지는 것도. 그래서 생각했어. 이젠 잊어도 되겠다. 정말 그
때였을 거야. 내가 만들어 놓은 너의 세상에서 내가 한 발
짝 걸어 나온 건.

> 내가 잘 돌아갈 수 있게 단단한 모습으로
> 네 자리에 있어줘서 고마워. 이젠 잊어도
> 될 것 같아, 너를.

이별의 속도

.

.

이별에도 속도가 있다.
이별이 힘든 이유는
정해진 속도를 거스르고
빨리 벗어나려 하기 때문이다.

사랑에서 돌아 나온 순간부터
전속력으로 달려
멀어지려 하기 때문이다.

이별의 순간부터 해야 할 일은
잊으려 애쓰는 게 아니라
보통의 속도로 걸어 나오는 일.

접질리지 않는,
숨차지 않은,
보통의 빠르기로.

결국
시간이 다 해결해준다는 말은 옳았다.

IV

마치 여행자처럼,

보통의 속도로 살아가다

일 상 을
여 행 처 럼

.

.

컴포트 존comfort zone이라는 게 있다. 불안한 요소가 최소한으로 배치된 안정적인 공간. 고정적인 월급을 주는 회사, 적당히 해야 할 일과 취미, 적당한 인간관계로 정리되어 있는 싱글의 삶 등이 흔히 볼 수 있는 컴포트 존이다. 균형을 잘 잡고 있는 이 공간을 흔드는 건 무엇이든 거부 대상이다. 이사를 간다거나, 직장을 바꾼다거나, 새로운 모임에 나가거나, 연애를 시작하지 않는다. 긍정적으로 이야기하면 안정되어 있는 삶이지만, 부정적으로 보자면 박제된 것 같은 삶이다.

살아가면서 순간순간 해야 하는 선택들은 나를 자라나게 한다. 하지만 컴포트 존에 머물러 있다 보면 선택할 일이 별로 없다. 성인이 된 나를 따로 가르쳐주는 스승이 없으니, 나에게 계속해서 선택의 기회를 주어 내가 나를 훈련시키는 것도 좋다. 작은 선택들을 잘 해봐야, 큰 선택을 할 때도 감각적으로, 또 본능적으로 더 좋은 선택을 할 수가 있으니까. 피아노 연습을 수없이 하다 보면 손이 먼저 건반을 찾아가듯이 내 몸에 본능적 선택 감각을 익혀야 한다.

제주에 덜컥 내려와 살게 된 것도 나의 수많은 선택이 빚어낸 결과이다. 집을 떠나는 길고 짧은 여행을 많이 해봤기 때문에 떠나는 것은 그리 어려운 일이 아니었다. 어떤 사람에게는 거주지를 옮긴다는 것이 인생의 최대 난제이지만, 내가 제주에 내려오기로 정한 것은 여행지를 정하는 것과 비슷했다.

회사를 그만두는 것도 그랬다. 회사를 그만둔 이후 미래에 대한 불안은 늘 존재한다. 하지만 돌아보면 나는 끊임없이 어떤 회사에 다녔고 늘 일을 했었다. 그래서 회사를 그만두는 일이 다른 사람이 느끼는 '실직'의 무게감보다 덜하지 않나 싶다. 그 무게감이 없는 것이 아니라, 여러 번 해봤기 때문에 그 무게감을 버틸 튼튼한 근력이 생겼다고 하는 게 조금 더 정확하다.

여행은 그런 선택들을 계속해야 한다는 점에서 좋은 도구이다. 멀리 떠나는 여행이 힘들다면 내가 사는 공간부터 여행해보는 건 어떨까. 일상을 여행하고, 여행 속에서의 일상을 찾아보는 것. 나를 낯선 상황에 밀어 넣으면 낯선 나와 마주하게 되면서 내가 좋아하는 것과 싫어하는 것을 더 알게 된다. 버려야 할 것과 고수해야 할 것도 깨닫게 되고, 자신을 몰아붙여야 하는 것과 대충 넘어가도 되는 것을 구분할 줄 알게 된다.

나는 비행기 표가 가장 저렴한 요일과 시간 등을 비교해서 표를 구입하지만, 리무진 버스를 오래 기다리기보다는 택시를 타는 편을 택할 줄도 안다. 저렴한 게스트하우스에서 잘 수도 있지만, 유기농 브런치가 나오는 독채 펜션에서 머물 수도 있다. 템스강에 가고 싶지만, 사랑하는 이를 위해 루브르에 갈 수도 있다.

수많은 선택을 하다 보면, 다른 사람들을 의식하지 않는 '나의' 선택을 하게 된다. 이런 '나의' 선택을 해온 내가 단단해지면 결국 중요한 선택에 있어서 그 힘이 발휘된다.

일상을 여행처럼 살기.
그리고 본능적 선택 감각을 익히기.
어쩌면 살면서 삶을 연습하는
실전 문제 풀이 같은 것이다.

봄의 속도로
살아가기

·

·

누군가 그랬다. 입춘이 지나고 봄이 오는 속도는 시속 200미터라고. 곰곰이 따져보니 한 시간에 200미터면 1분에 약 3미터를 움직이는 셈이다. 속도로 보자면 그 변화가 요원하게 느껴지지만, 하루에 5킬로미터씩 다가온다 생각하니 그리 멀지도 않은 미래이다. 봄은 느껴지는 순간부터 쉼 없이 다가와 어느새 돌아보면 내가 봄 안에 담겨 있음을 느낀다.

요새 새로운 취미가 된 바느질의 속도가 그렇다. 옛날 아기 기저귀를 만들었던 소창이라는 면으로 손수건을 만들고 있는데, 가장자리를 따라 빨간색 자수실로 홈질이 되어 있어 소박하고 예쁘다. 천을 재단한 뒤 재봉틀로 박음질을 해주는데 나는 아직 초보라 진동모드의 핸드폰이 울리는 격렬한 속도로 바늘이 나아가지 못한다. 소창의 방향이 틀어지지 않을 정도의 적당한 속도로 페달을 밟는

데, 그 속도가 봄이 오는 속도와 닮았다. '다다다다 다다다다 다다다다'. 1초에 열두 땀 정도의 전진. 바늘에 찔리지 않을까, 그래서 생채기 나지 않을까 걱정하지 않아도 되는 정도의 속도이다.

재봉틀을 돌리고 바느질을 하며 삶을 세어나간다. 그리고 이 속도에 내 삶의 한 땀 한 땀을 이으려고 노력한다. 너무 애쓰지 않으면서도 너무 무심하지 않은 정도의 속도. 내버려 둔 것 같지만 촘촘히 혹은 얼기설기 짜인 계획 안에서의 자유로움을 즐길 수 있는 정도의 속도. 아무것도 변하지 않을 것 같지만 문득 돌아보면 확연히 달라져 있는 정도의 순차적인 이질감이 허용되는 속도이다. 이 속도에 익숙해지면 삶은 조금 편해질 것이다. 단거리 경주를 하듯 초반에 온 힘을 쏟지 않아도 될 것이고, 그저 그때그때 정해지는 방향대로 걸어가면 되니까.

모두가 기다리는 인생의 봄도 아마 이 정도 빠르기로 오는 중이지 않을까. 어떤 사람은 그 속도를 감지하지 못해 지쳐 있을 수도 있고, 어떤 사람은 자기가 원하는 속도로 성큼성큼 봄을 향해 걸어가는 사람도 있을 것이다. 중요한 건, 봄이 나에게로 오는 걸음을 시작했다는 것이다.

봄은 온다. 봄은 늘 찾아왔고, 또 올 것이다. 기억할 것은 봄은 알아서 오지 않는다는 것. 나무와 바람과 물, 그리고 우주가 모두 각자의 속도대로 성실하게 움직이기에 우리가 봄의 파티에 초대받듯, 게으름 없이 성실하게 오늘의 속도로 살아나간다면 인생에 봄은 꼭 찾아오지 않을까.

생 의 찬 가

·

·

삶의 기한을 아는 순간부터
생의 모든 순간은 아련하다.

정 해 진
　시 간 표 를　버 리 다

쨍하게, 흘끔대는 것도 허락하지 않겠다는 듯 도도하게
빛을 발하던 해가 조금씩 기울기 시작하면 슬슬 외출복
으로 갈아입을 준비를 한다. 오렌지빛으로 변해가며 곁을
내어주기 시작한 해가 완전히 사라지기 전까지 한 시간
반 정도. 산책을 갔다 올 시간이다.

하루 일과표를 결연하게 벽에 붙여놓은 모범생과 다르게,
나는 오후 산책 시간을 정해놓지는 않았다. 자연의 흐름
에 온전히 맡기는 것이 일상이 되어가듯, 산책도 자연의
흐름에 맞게 다녀온다. 계절에 따라, 날씨에 따라, 해의 움
직임에 따라 할 일을 정하고 하루의 속도를 조절하는 것.
제주에 내려와 살면서 배운 새로운 습관이다.

해가 짧아지는 겨울에는 대체로 오후 4시 반쯤 산책을 한
다. 발걸음을 서둘러 집에 돌아와도 한 시간이 조금 넘는

산책 끄트머리에는 어둠이 파도처럼 밀려와 있다. 집 근처 수목원을 돌며 나무들이 진열해놓은 신선한 공기를 마시는 휴식 같은 산책을 마치고 난 뒤 저녁 식사를 하고 나면 세상은 그새 깜깜해진다. 까만 밤바다에 떠 있는 어선이 밝힌 불처럼 몇 개의 가로등이 불을 밝힐 뿐 주변은 검고 고요하다. 밤이 빨리 찾아오는 겨울에는, 잠자리에 드는 시간도 빨라진다.

생각해보니, 알람을 맞춰놓지 않고 산 지 꽤 되었다. 아침 비행기를 타야 하거나 새벽에 나가야 하는 일을 제외하고는 몸이 알아서 자고 깰 수 있도록 자율권을 주었다. 생각보다 몸은 내 믿음을 배신하지 않았다. 해가 떠오르기 전, 빛이 창틈으로 스며들 준비를 할 때 나는 정확히 잠에서 깨어났고, 해가 사라지는 자리에 졸음이 밀고 들어오는 패턴이 시작되었다.

어쩌면 나는 태양이 창문을 어루만지는 소리를 듣고, 밤이 내려앉는 소리를 잘 듣는 사람이 되었는지도 모르겠다. 도시를 버리고 자연에 안착하니 그것이 더 쉬워졌다. 나를 아는 모든 사람이 부러워할 정도로 원래 새벽형 인간이긴 했지만, 거기에 덧붙여 이제는 사람들이 모두 놀릴 정도로 초저녁부터 잠을 자는 사람이 되었다.

여름에는 새벽 4, 5시에, 겨울에는 6시쯤에 일어나 하루를 시작하고 저녁이면 8, 9시 전에 잠자리에 드니 신기해할 만하다. 해를 따라 일과를 맞춰가는 패턴은, 시간에 휘둘려 사는 삶을 벗어나 시간과 함께 살기 위한 첫 작업이었고, 그렇게 나를 자연에 물들여갔다.

기자 생활을 할 때는 지금과 반대로 살았다. 시간을 지배하는 것이 아니라, 시간에 휘둘려 살기 바빴다. 몇 시까지 뭘 해야 하고, 몇 시까지 어디에 가야 하는 삶이 늘 반복되었다. 정해진 시간표에 맞추어 사느라 늘 바빴고 여유가 없었다. 시간은 넉넉한 인심으로 하루 24시간을 제공해주었지만, 늘 시간이 모자랐다. 시간은 나를 휘두른 적이 없는데, 나는 늘 휘둘렸다.

복잡한 직장 생활을 버리고 떠나온 새로운 삶. 계획표 같은 것은 버리고 그날 해야 할 일만 정해놓는다. 중요한 일과 급한 일을 정하고 하나씩 완성해나간다. 더 이상 뭔가를 '해치우는' 느낌으로 살지 않는다. 내게 주어진 일 하나하나가 소중하기 때문이다. 화분에 물을 주는 일이나 마당에 잡초를 뽑는 일, 커피를 내리는 일, 빨래를 개는 일, 책을 읽는 일. 시간에 나를 맞추는 게 아니라 시간에게 나를 내어준다고 생각을 바꿨다. 더 이상 시간에게 휘둘리지 않고, 주도권을 잡은 채 시간과 더불어 살아가니 마음이 요동치는 일도 줄었다.

봄이 오고 여름이 되면 조금 더 할 일이 많아질 것이다. 햇빛이 내 곁에 머무는 시간이 더 많을 테니까. 그 빛 아래에서 할 수 있는 일들을 하나씩 해나갈 생각을 하니, 벌써부터 마음이 따뜻하고 충만하다.

응, 그러려고 제주에 왔겠지

.

.

여행자 모드로 제주를 돌아다니다 보면
하루에 한 번은 보게 되는 메모가 있다.

'육지에 다녀옵니다~'라든지
'개인 사정으로 며칠 쉬어요'라든지
'겨울에는 닫아요, 봄에 만나요'라든지.

처음에는 헛걸음한 게 분하다가
두 번째에는 이기적인 영업시간에 화가 나다가
세 번째에는 전화로 미리 체크하지 않은 나에게 화가 나다가
몇 번의 헛걸음이 계속된 뒤에는 아예 포기.

제주살이에 익숙해진 지금은
이런 메모를 만나게 될 때
떠오르는 생각이 있다.
'그러려고 제주에 왔겠지.'

매일 가게 문을 열고
바쁘게 살 거였다면
여기 오지도 않았을 것이다.

모두가 원하는 때
쉬어갈 수 있는 너그러움이
이곳에 있다.

그것에 길들여진 나도
참 좋다.

소소익선

- ·
- ·

목표하던 것을 이루고 나면
그 끝에는 기쁨이 있지만
기쁨도 결국
시간과 함께 사라지는
찰나의 행복이었음을 깨닫는
고요한 새벽.

미뤄두었던 책 읽기
밭에 있는 돌 골라내기
과일나무 가지치기
한 시간씩 운동하기
모아둔 용돈으로 카메라 사기

소소한 목표를 채워감으로
자주 기쁨을 유지하기로 한다.

조금 느리게,
좀 더 여유롭게

.

.

제주는 느리다. 버스는 30분에 혹은 한 시간에 한 대씩 온다. 5분 거리의 길을 가는 데 걸리는 시간은 운이 좋으면 20분, 버스를 놓치면 40분이다. 당연히 운전을 하거나 택시를 타는 방법이 빠르다. 물론 걸어갈 수도 있다.

배송도 이틀은 기본이고, 일주일이 넘게 걸린 적도 있다. 서울에 살 때는 주문하고 당장 '오늘' 받아야 한다며 택배 아저씨를 재촉하기도 했다. 여기서는 있을 수 없는 일이다. 비행기나 배가 뜨지 않으면 뭘 어떻게 할 수가 없다. 그래서 없으면 없는 대로 지낸다.

폐가를 개조해 살 집을 꾸밀 때도 그랬다. 전기 배선 공사를 해야 하는데 내일 온다던 기사는 일주일째 전화를 받지 않았다. 보일러 놓아줄 보일러 기사는 너무 바빠 2주 후에나 설치가 가능하다고 했다. 그래도 맡길 만한 사람이 없어 기다려야 했다. 서울에서 주문한 데코타일은 마침 태풍에 발이 묶여 일주일째 도착을 못 했고, 공사 자체도 생각보다 너무 늦어져 차에 한 짐을 싸들고 이 펜션, 저 펜션을 오가며 몇 주를 살아야 했다. 생각보다 너무 느린 제주를 온갖 고생을 하며 몸으로 배웠다. 내 몸에 나이테가 있다면, 아마 이런 충격들이 켜켜이 쌓인 결과물일 것이다.

기분 전환 겸 맛있는 밥이나 먹자며 맛집을 찾아가면 '육지 가는 관계로 휴무', '개인 사정으로 일주일간 휴무' 같은 메모를 접할 때가 많았다. 서울에서 갓 내려왔을 때는 도무지 이해가 되지 않았다. 이런 식의 서비스 정신이란, 서울에서는 있을 수 없는 일이야, 하며 투덜거렸다.

모든 것이 느렸다. 정신없이 돌아가는 스피드로 살다가, 24시간을 26시간처럼 쪼개어 살다가 제주에 내려온 뒤 갑자기 맥이 탁 풀리는 것 같았다. 너무너무 느린 시스템에 적응이 되지 않았다. 하고 싶은 걸 원할 때 할 수 있는 환경에 살다가 하고 싶은 걸 바로 할 수 없는 환경은 재난 같은 것이었다.

어느 순간부터인지는 모르겠지만, 나의 속도가 조금씩 변한 걸 느꼈다. 친구 생일 선물로 배송시킨 물건이 생일날까지 도착하지 않았는데, 배송기사에게 전화하거나 배송 추적을 하지 않았다. 대신 식사 자리에서 '선물이 아직 도착하지 않았어'라고 말했다. '미리 예상해서 더 빨리 주문했었어야지!'라고 스스로를 볶아대던 것이 예전의 나라면 지금은 나에게 한결 여유로워졌다. '어쩔 수 없는 상황'이라도 그걸 '가능하게' 만들어내는 게 나의 능력이라고 자부했다면, 지금은 다르다. 조금 더 느슨해졌고, 조금 더 여유로워졌다.

고백하건데, 난 지금이 좋다.

가끔은,
배달도 좋잖아

.

.

바닷가 마을 근처에 살다가
조금 더 도시와 가까운 곳으로 이사를 했다.
시와 읍의 경계에 있는 동네라
리사무소도 있고 농협도 있다.

처음 우리 동네를 돌아보던
순간을 잊을 수가 없다.
'여기 세탁소가 있어!'
'중국집이 두 개나 있어!'
'슈퍼도 있고 편의점도 있다니!'
대여섯 개의 식당이 들어선 우리 동네에는
배달이 되는 치킨집까지 있었다.

한 걸음만 밖에 나가면
편의시설과 식당이 즐비하던
대도심을 벗어나 선택한
시골 바닷가 마을의 삶.
마트를 가기 위해 10분을 운전하고
배달음식은 꿈도 꾸지 못하고
머리도 마을 미용실에서 손질했다.

당연히 누려왔던 것들을
모두 포기하고 찾게 된
소박한 삶.

소박함과 불편함 속에 지내다가
동네 치킨집을 본 순간
든든한 내 편을 하나 얻은 것 같아
너무 감격해버렸다.

게다가 배달까지 된다니.
'배달'이 된다는 것의 의미를
서울에서는 잘 몰랐다.

제주 시골에 사는 후배 하나는
며칠 동안 서울에 머무르며
배달앱을 다운받아
아무 데도 나가지 않고
매끼를 배달시켜 먹었다고 한다.
너무 좋았다며 웃는데
그게 어떤 건지 잘 알아
함께 키득거리며 웃던,
귤 익어가던 어느 여름날의 풍경.

낯선 서울의 풍경

·
·

점점 낯설어지는 서울의 풍경이 있다.
낯설어 이국적으로 다가오고
한참 동안 쳐다보게 되는 그런 풍경.

깎아지른 듯한 암벽이 얽히고설킨 높은 산.
북한산, 인왕산이 그렇게 아름다운 산일 줄
그곳에 살 때는 잘 몰랐다.
나이와 형태가 제각각인 한강 다리와
물을 머금고 있는 한강이 품은 야경도
이방인에게는 멋진 풍광이 된다.

오랜만에 타본 지하철.
지하철역 안에도
지하철역 바깥에도
다양한 상점들이 늘어서 있어
살 수 있는 것들이 참 많았다.

사지 않는 것에 익숙한 생활을 하다 보니
왜 사야 하는지, 뭘 사야 하는지
잘 모르게 되었다.
예쁘게 꾸미는 것도
편리하게 만들어주는 것도
'꼭 필요한 건' 아니니까.
예쁜 것만 취하지 않는 삶도
편리하지 않게 사는 삶도
살아보니 참 좋은 것 같다.

서울은 참 살 것이 많은 도시구나.
그리고
나는 그런 것들에 참 많은 시간과 마음을
빼앗기고 살았구나.

그렇게 서울이 낯설어졌다.

이 번 생 에 안 된 다 면

"어떻게 하면 도민이 되는 거야?"
제주로 이주해 30년을 사신 분인데
동네에서 아직도
'육지서 내려온 집'이라고 불린다는 이야기를 듣고
내가 물었다.
제주에서 오래 산 친구가 말했다.
"응, 다시 태어나면 돼."

에잇, 다시 태어날 수 없으니
나는 그냥 이방인으로 살아야지.

섬 밖은 위험해

·

·

섬은
바다에 갇힌 감옥이다.

이 섬이 나를 가둔 건지
스스로 내가 갇힌 건지 몰라도
이곳이 좋다는 것만은
분명하다.

어쩌면
스스로 제주에 온 사람들은
무언가로부터 격리되어 살 수 있을 만큼
부족함을 즐길 수 있을 만큼
생존력이 높은 사람들이 아닐까.
인생의 경로를 다시 설정할 수 있는
용기를 가진 사람들이니까.

제주에서의 삶은
원하는 걸 취하는 삶이 아니라
손에 쥐고 있던 것들을
하나하나 내려놓는 삶이다.
끊임없이 버리는 삶이다.

편리함을 버리고
맛있는 음식에 대한 집착을 버리고
소유욕을 버리고
연중무휴를 버리고
쇼핑을 버리고
분주함을 버리고
'빨리', '지금', '당장'을 버린다.

패션을 버리고
메이크업을 버리고
인공을 버리고
수수함을 입는다.

그래도 버릴 수 없는 건
자외선 차단제.
솟아나는 주근깨와 기미를
그리 심각하게 여기진 않지만.

눈에 보이는 그대로

．

．

제주에서 날씨는 두 가지로 나뉜다.
한라산이 보이는 날과
보이지 않는 날.

제주의 날씨를 알려주는 돌멩이 사진을 본 적이 있다.
안내판에 철사로 매달아 놓은 둥근 조약돌로
날씨를 가늠하게 한 것이다.

돌이 젖었으면 비
돌 위가 희면 눈
돌이 안 보이면 안개
돌이 흔들리면 지진
돌이 없으면 태풍

직관적으로만 사는 것이
때로 필요할 때가 있다.

쓰레기가 되어버린 '언젠가'들

.

.

제주살이 초반에 아파트에 살던 나는 제주까지 와서 도시 생활을 하는 게 아이러니하다고 생각했다. 해변에 와서 바닷물에 발 한번 담그지 못하고 선탠만 하는 것처럼, 뭔가 누려야 할 걸 빼먹고 있는 느낌이었다. 결정은 오래 걸리지 않았다. 진짜 제주의 삶을 살아보자. 나는 도시를 떠나 시골로 가기로 결정했다.

"일단 제주를 돌아보면서 네가 살고 싶은 마을을 찾아봐. 그러다가 마을이 정해지면 민박이나 펜션을 예약해서 며칠 머물러보는 게 좋아. 그냥 보는 거랑 살아보는 거랑은 또 다르거든. 오래 머물러본 다음에도 그 마을이 좋으면 계속 마을을 다니면서 마을 사람들과 얼굴을 익혀. 그리고 빈집을 찾기 시작하면 되는 거야. 부동산이나 이런 데서 절대 얻을 수 없는 집을 얻게 될 거야."

7년 전에 제주에 와서 정착한 선배의 말대로 나는 어느 지역에 살면 좋을지를 고민해봤다. 중산간은 바닷바람이 없어서 습하지는 않은데 아무래도 마음이 내키지 않았다. 서귀포 쪽으로 가볼까 싶었지만, 제주시에서 멀어지고 싶지는 않았다. 여러 곳을 둘러보고 다녀본 뒤 곽지해수욕장 안의 작은 마을을 찾아냈다. 다소곳하게 쌓아놓은 돌담 사이로 낮은 지붕의 집들이 모여 있는 마을. 그냥 처음부터 맘에 들었다.

마을을 정하고 일단 부동산을 찾아봤다. 작은 시골 마을에는 부동산 중개업소가 없었다. 하루 날을 잡아 동네에 아무도 살지 않는 빈집을 찾는 데 집중하기로 했다. 동네를 돌아보며 어르신들이 보이면 빈집이 없냐고 물었다. 마을 사람들은 이 마을에는 빈집이 나오지 않는다고 했다. 비워둔 빈집이 몇 군데 보이기는 했지만 파는 집도, 임대를 주는 집도 아니라고 했다. 그곳에서 오랫동안 살던 사람들은 아무도 움직이지 않는다고. 그렇게 두세 달이 지난 어느 날. 동네를 돌던 나를 발견한 어떤 할머니가 내 손을 잡고 어디를 가자 하셨다. 그렇게 할머니를 따라 도착한 곳은 거의 폐가에 가까운 집이었다.

"이 집 하르방이 얼마 전에 죽었어."

그곳에 사시던 할아버지가 돌아가시는 바람에 집이 비었다. 누군가에겐 슬픈 일이었지만, 나에겐 행운인 일이었다. '누가 죽어야 집이 나온다'라던 농담처럼, 나는 그렇게 집을 얻었고, 그 집을 고쳐 살기로 했다.

집 공사가 시작되었다. 수리를 맡은 목수가 쓰레기를 치우는 데만도 비용이 꽤 들 것이라고 했다. 집주인이 마당에 온갖 나무들과 폐기물들을 쌓아놓으셨기 때문이다. 그때 알았다. 쓰레기를 버리는 것도 돈이 든다는 것을. 가져올 때나, 버릴 때나 모든 것은 대가를 지불해야 하는 것이었다.

"할아버지가 참, 꼼꼼하게도 쌓아두셨네요."
일주일이 넘게 쓰레기를 치워도 줄어들지를 않았다. 꼼꼼하게 쌓아두었던 것을 풀어헤치니 부피가 두세 배는 더 많아졌다. 마치 물에 불린 미역처럼 쓰레기들이 부풀어올랐다. 차곡차곡 쌓인 채 못질된 목재, 덕지덕지 붙은 큰 장판, 부표와 그물 같은 낚시 도구들, 4차선 대로에서나 볼 수 있는 엄청난 크기의 가로등도 나왔다. 쓰레기를 치우던 우리는 핸드폰을 꺼내 사진을 찍기 시작했다. 가로등을 집 마당에 숨겨놓다니.

할아버지는 어쩌면 언젠가 쓸 필요가 있겠다고 생각해 차곡차곡 쌓아두셨을 것이다. 겨울의 땔감을 위해, 언젠가 개집을 수리하기 위해, 언젠가 고기를 잡으러 나가기 위해, 수많은 언젠가를 위해. 집 마당에는 할아버지의 '언젠가'를 위한 준비물들이 쌓여 있었다. 하지만 그 언젠가는 오지 않았고, 그것들은 고스란히 다음 사람이 처리해야 하는 쓰레기로 남았다.

나는 내 인생에 있을 '언젠가'를 위해 모아두고 있는 건 없을까. 내가 사라지고 나면 내가 갖고 있는 모든 것은 누군가가 치워야 하는 쓰레기가 될 텐데. 이렇게 할아버지가 남겨놓은 '언젠가'들이 미래가 되지 못하고 쓰레기 처리장에 들어가 버리는 것처럼.

살아가면서 쓰레기를 많이 만들지 말아야겠다고 생각했다. 아무리 소중한 것도, 결국은 버려지게 되니까. 그 '언젠가'가 줄어들게 되면 인생도 조금 가벼워지겠지. 오늘 하루 내 마음을 파고들 '언젠가'를 없애고 내일도 생기지 않길 기대해본다.

욕실에서 찾은
미니멀리즘

．

．

유기농 숙성비누를 만들어 쓰고 있다. 보습에 좋은 오트밀을 넣었는데 향도 좋아 샤워할 때마다 새로 태어나는 느낌이다. 몇 달 전에는 샴푸가 떨어졌는데 마땅히 대체품이 없어 내가 만든 비누로 머리를 감아봤다. 그런데 생각보다 머리카락이 들러붙지 않아, 소위 '떡지지 않아' 그 이후로 계속해서 비누로 머리를 감게 되었다.

몇 주 전에는 비누로 머리를 감다가 거품이 몸에 흘렀는데, 충분히 온몸을 씻을 만한 양이었다. 그 거품으로 몸을 닦아 봤는데, 생각보다 괜찮았다. 그 이후 머리카락을 샤워볼처럼 사용해 머리에 거품을 낸 뒤 그 거품으로 샤워를 한다. 샴푸를 없앴고, 이젠 샤워볼도 쓰지 않는다. 뜻하지 않게 욕실에 미니멀리즘이 찾아왔다.

Life is

.

.

때론
나의 숨소리도
듣지 못할 만큼
삶은
언제나
코앞에 있다.

게을러지기 연습

.
.

한 달 만에 사고 싶던 우비를 주문했다. 할인을 기다린 건
아니다. 매진되었던 것도 아니다. 배송비를 나눠 내려고
지인과 같이 주문하기로 했는데 둘 다 미루고 있던 것이
다. 대설이 내려야 할 겨울에 장마처럼 비가 온 덕에 갑자
기 우비가 생각이 났다.

지인에게 연락해 이제는 사야 할 거 같다고 했더니, 안 그
래도 비가 와서 생각났다고 해서 웃었다. 옷깃을 잡고 탁
털면 비가 '투두둑'하고 떨어지는 우비는 드디어 한 달 만
에 나에게 올 채비를 하고 있다.

게을러지기. 나는 의식적으로 게을러지
기를 노력하고 있다. 원래 게으름과는 거
리가 멀어 마음을 먹어야 게으름을 피울
수가 있다. 누구는 하루종일 잠만 잘 수
있다는데, 나는 아마 침대에 24시간 묶어

놓아야 누워 있을 것이다. 누워서 스마트폰이나 책이라도 보지 않으면 견디기 힘들 것이고.

시골의 삶은 게을러지는 데 도움이 된다. 화려하고 고급스러운 도시의 삶을 살다가 시골로 내려오니, 그것들을 유지하기 위해 들였던 시간과 돈이 남아돈다. 도로에는 지난밤 강풍으로 꺾인 나뭇가지들이 널브러져 있지만 누가 딱히 깨끗하게 치우지 않는다. 그러다 비가 오면 어딘가로 모아질 테고, 그때쯤 누군가 청소하면 되겠지. 청소하지 않는다면, 언젠가는 썩어 사라질 수도 있다.

화장을 하거나 옷을 차려입는 시간도 이곳에서는 여유롭게 남는다. 가장 큰 쇼핑몰이 이마트이다 보니 그다지 물욕이 생기지도 않는다. 덜 화려해서 조금 더 게을러질 수 있고, 그러다 보니 마음에도 여유가 생긴다.

게을러지는 데 미니멀리즘도 도움이 된다. 플라스틱 줄이기, 친환경 제품 사용하기, 비싸더라도 오래 사용할 수 있는 것으로 구입하기…… 조금씩 바꾸려고 노력 중이다. 쟁여놓지 않기도 바뀐 습성 중 하나다. 처음에는 좋아하는 물건들을 쌓아두고 사용했는데, 이제는 떨어질 때쯤이나 다시 구입한다.

직구로 늘 사용하던 샴푸가 있는데 샴푸가 떨어진 지 두 달이 지났지만 아직도 구입을 미루고 있다. 아이브로우 펜슬이 떨어진 지 반년이 넘었는데 그것도 아직 구입 목록에 없다. 필요할 땐 새도로 눈썹을 그리고 나간다.

작년까지만 해도 예쁜 다이어리를 사는 게 기쁨이었는데, 올해는 제주도청에서 나눠준 수첩을 사용하고 있다. '난 꼭 이렇게 해야 해', 혹은 '난 이런 거 아니면 안 돼'의 습성이 조금씩 사라지고 있다.

왜 그렇게 마음을 꼭 죄고 있었을까. 마음을 풀어놓으니 모든 것이 여유롭고 편하다. 마음이 게을러지니 나의 시간도 조금 천천히 간다. 제주에 와서 살길 참 잘했다.

꽃의 시간을
속이는 방법

제주의 상징이자 봄의 상징인 유채꽃. 겨울에 제주를 돌아다니다 보면 2월이나 3월에도 피어있는 유채꽃이 있다. 사람들은 겨울에 핀 유채꽃을 신기해하며 사진을 찍지만, 그런 유채꽃들은 '속임'을 당해 피어난 꽃들이다.

원래 유채는 겨울에 얼어 있다가 날씨가 따뜻해지면 싹을 틔워 꽃을 피운다. 그런 습성을 이용해 유채밭 주인들은 유채 씨앗을 얼렸다가 땅에 심는다고 한다. 그러면 냉동실에 들어가 겨울인 줄 알았던 씨앗들이 날씨가 따뜻해진 줄 알고 발아를 한다. 그리고 자라나 꽃을 피우는 것이다. 2, 3월에 피는 유채꽃은 모두 그런 사연을 안고 태어난다.

어른이 되니 안 보이던 것들이 보이기 시작한다. 몰랐을 때는 참 예쁜 꽃이었는데, 알고 보니 슬픈 꽃이라서, 겨울 유채를 볼 때면 가슴이 먹먹해진다.

점 멸 등 에
익 숙 해 지 면

.

.

제주와 서울에서의 운전은 많이 다르다. 서울에서는 신호
등이 고장 난 경우에나 주황색 점멸등이 깜빡이지만, 제주
에서는 아예 신호등 자체가 점멸등인 경우가 많다. 신호
등이 없는 회전 교차로가 많은 것도 특징이다. 각 방향에
서 들어와 알아서 동그라미를 그리다 갈 길로 빠져나가는
회전 교차로. 왼쪽 차선, 오른쪽 차선, 앞쪽 진입 차선까지
한번에 확인하고 가야 하니 초보가 운전하기에 쉽지 않
다. '각자 알아서 적당히 지나갈 것'이라는 암묵적 동의처
럼 느껴지는 이 체계가 처음에는 너무 익숙하지 않았다.

그런데 제주에서의 운전이 훨씬 더 여유롭다는 걸 점점
느끼게 됐다. 서울에서야 신호만 보고 운전하지만, 점멸
등이 있는 제주에서는 주변 상황을 살피며 적당히 타이밍
을 잡으면 되니까. 주변에 차가 없거나, 내가 가면 될 때
가면 된다. 내가 진입과 양보의 주체가 된다. 회전 교차로

도 처음엔 두렵지만, 익숙해지면 이렇게 효율적인 체계가 없다는 걸 실감하게 된다. 신호등에 따라서만 살던 삶이라 신호에 익숙했었는데, 신호에 자유가 주어지는 게 여간 편한 게 아니다.

인간관계도 도시적인 것에 익숙했다. 정해진 대로, 규칙대로 적당한 거리와 선이 있어야 편했다. 점멸등이거나 빨간불일 때는 상대가 멈추길 바랐고, 나도 발걸음을 멈췄다. '그린라이트'가 들어와야 모든 인간관계가 움직였다. 하지만 제주는 달랐다. 사람들은 알아서 쑥 들어오거나, 적당히 판단해 멈춰 서주었다. 하지만 이 모든 관계는 무례하지 않고 엄연한 질서가 있었다.

제주의 많은 집이 그렇듯 우리 집도 대문이 따로 없어 동네 어른들이 쑥, 집 마당으로 들어오시기도 한다. 처음에는 '주거침입'이라는 단어가 머리에 떠올랐지만, 지금은 그런 게 모두 '정'으로 느껴지는 걸 보면 나도 도시를 떠난 지 꽤 되었구나 싶은 생각이 든다. '잡초 매라', '가지 쳐라' 한마디씩 하고 가시는 것도 즐겁고, 마당 수돗가에

다소곳이 놓여 있는 겨울 무는 누가 놓고 갔나 추리해보
는 것도 즐겁다.

정멸등에 익숙해진 나의 삶. 내 삶에 누가
불쑥 들어오더라도 화들짝 놀라지 않을
만큼의 여유가 생긴 삶. 여유 있게 받아들
이고, 또 여유 있게 떠나보내는 관계의 쉼
표들을 알게 해주어서 고맙다. 제주에게.

반짝인다고 해서

.

.

길을 걷다가
초승달 모양의
금색 귀걸이를 발견했다.

눈이 번쩍 뜨여
몸을 굽히고 집으려 하는데
자세히 보니
귀걸이가 아니라
반짝이는 금빛 낚싯바늘.

제주에 산다는 걸
잠시 잊고 있었다.

조금 덜 편해도 괜찮아

.

.

아는 사람 중에 집에 에어컨이 없는 분이 있다. 물론 제주의 나이드신 분들 중에는 에어컨 없이 사는 분들이 많다. 뒷집 해녀 할망도, 옆집 할망도 에어컨이 없다. 평생 그런 것 없이 살아오셨으니 굳이 설치할 이유도 없다. 하지만 삼사십 대의 젊은 사람들에게 에어컨 없는 여름은 버티기 어렵다. 그런데도 그녀는 에어컨 없는 삶을 실천하고 있다. 더위와 습도를 어떻게 버티는지 궁금했다. 솔루션은 간단했다. 여름에는 움직이지 않는 것. 몸을 움직이면 몸에 열이 만들어지니, 움직임을 최소화한다는 것이다. 정말 만화에서나 가능할 것 같은 명쾌한 대답이었다.

"내가 조금 불편해지더라도 자연이 행복해질 수 있다면 그렇게 하는 게 맞는 것 같아. 편하게 살려고만 하는 걸 버리면 함께 행복할 수 있거든."

편리한 것에 익숙해진 우리는 무엇이든 쉬운 방법을 택한다. 하지만 조금씩 원래대로의 불편함으로 돌아가면 삶이 회복된다. 에어컨을 덜 켜고 자연이 가져다주는 바람을 맞는 것, 물티슈나 휴지를 쓰는 대신 손수건을 사용하고, 일회용 빨대 대신 대나무 빨대를 사용하는 것, 차를 타는 대신 가까운 거리는 걸어 다니는 것.

불편하게 사는 데는 시간과 노력이 따른다. 이렇게 삶이 불편하고 귀찮아지는데 자연이 회복되는 듯한 티도 나지 않는다. 그래도 이런 움직임들이 모이면 뭔가 달라지겠지. 꽃 한 송이 핀다고 봄은 아니지만, 그 꽃들이 모두 피어오르면 봄이 된다는 말처럼.

찬란한
청춘의 속도

*

*

새별오름을 액자처럼 걸어놓은 카페에서 청춘들이 경보 선수의 속도로 재잘거린다. 미슐랭 가이드 평가단처럼 점심으로 먹은 딱새우 파스타의 차진 식감을 얘기하다가, 매그넘 사진 수상작에 버금가는 강렬한 눈빛을 담은 인생 샷에 관한 이야기까지. 몇 번이고 접시를 바꾸고도 또 한 라운드를 나가는 뷔페식당처럼 이야기 소재가 끊이질 않았다.

일상을 잠시 버려두고 떠나온 여행이어서 인지, 원래 그렇게 밝은 청춘들인지 알 수 없지만, 그들의 말투와 속도에서 100퍼센트 충전된 젊음이 느껴졌다. 저런 속도로 걸어 나간다면 당분간은 괜찮을 거야.

이젠, 청춘들을 보면 '젊음이 부럽다'라는 생각보다 그들이 젊어지고 가야 할 삶의 무게가 느껴져 조금 애처로워진다. 그들을 보며 바랐다. 앞으로 닥칠 수많은 인생의 고비와 절망 속에서도 지금처럼 늘 웃을 수 있는 어른이 되기를. 훌훌 털어버릴 수 있는 힘을 비축해놓기를. 이렇게 가끔 여행을 떠날 수 있는 자유를 늘 간직하기를.

생과 사의 사이,
일상이 있다

사해에 간 적이 있다. 몸이 코르크 마개처럼 뜬다는 체험을 하기 위해서다. 바닷물에 들어가 앉았는데, 거짓말처럼 몸이 샴페인 뚜껑을 딸 때처럼 솟구쳐 올랐다. 바닥으로 아무리 힘을 주고 내려가도, 몸은 두둥실 떠올랐다. 소금의 힘도 신기하고, 그 염도가 높은 물로 만들어진 바다가 있다는 것도 신기했다.

그렇게 바다를 어슬렁거리던 어느 순간, 일대가 소란스러워지기 시작했다. 오십 대 정도 된 남자가 일시 정지된 영화처럼 모래사장에 누워있었고 안전요원이 급하게 뛰어왔다. 심장마비를 일으킨 듯했다. 안전요원이 계속해서 심장을 압박하고 있는 와중에 구급차가 도착했다. 가슴에 검사기를 끼고 계속되는 심폐소생술. 40여 분이 지나 헬기가 도착했다. 예루살렘에서 온 헬기일 것이라고 했다. 거의 한 시간이 넘는 시간 동안 사람들은 최선을 다해 남자를 살리려고 노력했다.

그 주위에는 다양한 사람들이 있었다. 십 대 소녀들은 햄버거와 아이스크림을 먹으며 광경을 구경하고 있었고, 환자의 일행으로 보이는 남자는 계속해서 흥분했다가 안절부절하지 못했다가 전화를 하며 눈물을 터뜨렸다. 몇 명의 사람들은 동영상을 찍었고, 마침 그곳에 영화를 촬영하러 왔던 팀은 큰 카메라로 이 상황을 촬영하고 있었다. 벤치에 누워 있는 사람들은 쳐다보다가 선탠을 계속했고, 바다에 들어온 사람들은 자기 몸이 뜨는 것을 보며 신기해하고 즐거워했다. 트롤리는 입구에서 사람들을 계속해서 실어 날랐고, 사람들은 구경하다가 또다시 입구로 돌아가기도 했다. 한 커플은 서로를 어루만지며 키스를 퍼부었다.

한 사람의 생명이 빛과 암흑을 오가는 사이, 왠지 모두가 숙연하게 그 사람의 생명을 위해 기도라도 해야 할 것 같았던 장소에는 일상적인 사람들의 행동들이 계속되고 있었다.

무심해 보이지만, 그곳에 공존해 있던 사람들이 할 수 있는 일이라고는 가던 길을 가고, 하던 일을 하는 것이었다. 자기의 일상을 사는 것, 그것이 그들이 할 수 있는, 또 내가 할 수 있는 최선인 것 같았다.

마음을 다해
대충 사는 삶

.

.

서른네 살 때인가, 교회 밴드에서 키보드를 연주하게 되었다. 클래식 피아노를 꽤 오래 배웠지만, 밴드에서 키보드를 연주하는 건 내가 배운 문법과 달라서 어려웠다. 악보가 아니라 코드로 음악을 읽어나가야 했으니까. 혼자서 코드 치는 법을 배우고, 인터넷으로 재즈 피아노를 조금씩 배우기 시작했다. 코드를 볼 줄 알게 되면서 밴드와 합주를 시작했는데, 초반에는 정말 열심히 쾅쾅쾅 키보드를 두드리며 연주를 했다. 일렉 기타와 어쿠스틱 기타, 키보드, 베이스, 드럼으로 구성된 밴드 멤버들은 꽉 찬 사운드를 만들어냈다.

그렇게 연습하고 연주하던 어느 날, 베이스 기타를 치던 후배가 말했다.
"누나, 이제는 음을 덜어내는 연습을 해봐요."
코드를 구성하는 모든 음을 다 연주하지 말고 몇 음씩 빼보라는 말이었다. 키보드에 공간을 주라는 말이었다. 당시만 해도 나는 한 음악의 모든 사운드를 내가 다 채워야 한다고 생각했다. 코드를 대표하는 음들은 키보드가 일목요연하게 연주해야 하는 걸로 믿고 있었는데 그게 아니었다. 어떤 소리는 기타가 채우고, 어떤 소리는 베이스와 드럼이 채우고, 빈 공간에 어울리는 소리를 찾아 그걸 건반으로 입혀줘야 훨씬 음악이 여유가 있고 아름답게 들리는 거였다.

> 마음을 다해 연주하지만 키보드에서 손가락을 덜어내고 많이 누르지 않는 것. 마음을 다하고 온 힘을 다해 살지만 여유를 주는 것, 집착하지 않는 것. 모든 걸 너무 꽉꽉 채워 옴짝달싹하지 못하지 않게. 온 힘을 다하지만 힘을 빼는 그런 삶.

어쩌면 안자이 미즈마루가 말한 '마음을 다해 대충 그린 그림'이 그런 것이 아닐까. 누구보다 열심히, 그러나 대충 그림을 그리고 살았던 삶. 누군가에게 가능했으니, 나에게도 가능하지 않을까.

조금씩 천천히,

보통의 속도로 어른이 되다

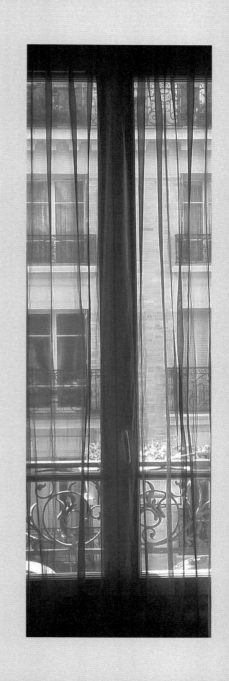

사막에서도
자라나는 나무처럼

이스라엘의 사막지대. 물이 존재하지 않는 땅이라는, 익숙하지 않은 광경에 마주하니 사우나에 온 것처럼 숨이 턱 막혀온다. 뜨겁지도 건조하지도 않은 날씨지만 무채색의 도시에 압도당할까 봐 마음이 심란하다. 그리고 본능적으로 뭔가 살아있는 생명체가 있는지 자꾸만 두리번거리게 된다.

가뭄을 뚫고 봉긋이 솟아난 푸른 생명을 발견할 때 얼마나 반가운지. 풀 한 포기, 키 작은 나무 한 그루. 바위틈에 둥지를 튼 작은 덤불조차도 그 시간, 그곳에선 위로가 된다. 적어도 이곳은 생명이라는 것이 존재한다는 이야기니까.

사막에서 만난 작은 식물들로 이렇게 위로를 받을 줄은 몰랐다. 내가 식물들을 뚫어지게 쳐다보고 있으니 함께 이스라엘을 여행했던 랍비가 재미있는 이야기를 들려주었다. 이스라엘에는 빗물을 받아 뿌리로 보낼 수 있도록 잎을 홈통 모양으로 만든 식물이 있다는 것이다. 세상에 존재하는 식물 중 유일하게 자기 급수가 가능한 식물이라고 한다. 물을 스스로 모아 공급하는 식물. 살아나기 위해 최선을 다하는 노력이 위대하게 느껴졌다. 생명은 참 강하구나. 작은 식물조차도 그걸 알고 있었다.

랍비는 무화과에 대해서도 이야기해주었다. 나뭇가지를 잘라 막대기로 일 년을 쓰고 다시 땅에 꽂아도 뿌리가 내린다는 것이었다. 마른 나뭇가지에도 생명이 존재한다니. 조건이 갖춰지면 무화과는 결국 뿌리를 내리고 튼튼히 살아갈 수 있는 것이었다.

뿌리만 남았는데도 다시 잎을 틔우는 식물, 작은 나뭇가지에서 뿌리를 내리는 식물, 눈에 보이지도 않을 만큼 작은 씨앗에서 푸르른 새싹을 틔워내는 식물 그리고 미동도 하지 않는 것처럼 보이지만 천천히 자라나고 있는 사막의 많은 식물들.

물이 귀하고 건조한 사막에서, 마치 모든 것이 죽어 있는 것처럼 보이는 그곳에서도 작은 덤불은 생명을 품고 키워내는 일에 최선을 다하고 있었다. 그들의 자라나는 속도가 비록 우리 눈에는 하찮게 보여도 결국 위대한 여정의 끝은 푸르름임을 나무들은 시간을 통해 입증하고 있었다.

식물들을 보며 사람이 가장 겁쟁이가 아닐까 생각해봤다. 우리는 늘 확률을 따지며 뭔가를 시도해보기도 전에 가능성의 씨앗을 없애버리는 데 익숙하니까. 식물은 확률을 따져보고 발아나 뿌리내리기를 시도하지 않는다. 또 기다림이 연습되어 있어 보채지 않고 자연의 속도대로 삶의 속도를 정한다.

식물에게서 삶을 배운다. 확률을 따지지 않고 최선을 다하는 삶 그리고 자기만의 속도로 꾸준히 성장해나가는 삶. 삶에 정답은 없고 정해진 속도도 없다. 나의 속도를 알고 그 속도대로 살아간다면 늘 자라나는 나무가 되지 않을까. 비록 눈에 보이지 않더라도.

그 무엇에도
휘둘리지 않는 사람

.
.

직장을 옮기는 문제로 고민 중이었다. 디자이너인 이사님 회사로 찾아가 생각을 나누었다. 늘 따뜻하게 지혜로운 말씀을 해주시는 분이라 꼭 만나야 할 것 같았다. 지금 다니는 회사보다 연봉도 좋고, 일은 좀 다른 분야지만 커리어에도 도움이 될 것 같다고. 그만큼 보람도 있을 것 같다고. 내 이야기를 가만히 듣던 이사님이 명료한 목소리로 말했다.

"우린 돈으로 살 수 없는 사람이 되어야지."

아무리 많은 연봉을 주어도 꼭 해야 할 일이나 하고 싶은 일이 아니라면, 그 일을 선택하지 말라고. 한 번 돈에 팔리면 계속해서 돈에 팔리는 사람이 되는 것이고, 결국 늘 돈으로 살 수 있는 사람이 되고 만다는 조언이었다.

나는 방향을 물었는데, 그분은 다른 걸 짚어주셨다. 내가 정말 원하는 게 무엇인지, 무엇이 나를 들뜨게 하고 살아있게 하는지, 내가 무언가를 판단하고 결정할 때 기준점을 어떻게 두어야 하는지, 그리고 나라는 사람은 정확히 어떤 사람인지에 대해.

그때 내 가슴이 뜨겁게 차올랐던 건, 아마 그래서였을 것이다. 나는 그 무엇에도 휘둘리는 사람이 되고 싶지 않았기 때문에. 그것이 돈이든, 사랑이든, 그 무엇이든 간에.

어제보다 조금 더
무뎌진 마음으로

.

.

나이를 먹는다는 게 좋다.
뭔가 무뎌진다는 게 좋아
'이런 점은 나이 드는 게 참 행복한 일이야' 하며
웃게 된다.

시력이 떨어지니
날카롭게 바라봤던 것들도 줄어들고
청력이 나빠지니
예민하게 들렸던 것들도 많이 사라졌다.

악력이 약해지니
움켜쥐고 놓지 않으려던 집착도 줄었고
기억력이 나빠지니
한 귀로 듣고 한 귀로 흘려보내게 되었다.

무엇보다도

근력이 약해지니

'빨리'보다는 '천천히'가 더 좋아진다.

어른이 된다는 건

이렇게 나이를 먹는다는 것이고

무뎌진 마음으로

둥글게 살아갈 수 있다는 것이다.

선명한 것은
아무것도 없다

나이가 든다고
모든 것이 선명하게 보이는 건 아니다.
어쩌면 처음부터
선명한 것은 존재하지 않았을 수도.

어른이 된다는 건
모든 것이 또렷해지는 게 아니라
켜켜이 쌓인 경험이 가져다주는
추측의 적중 확률이
높아지는 것일지도 모른다.

겨울이 온다

.

.

잔잔히 내리던 햇살 사이로
소금 내음 머금은 쨍한 바람이
바다의 커튼을 열고
북쪽에서 불어올 채비를 한다.

한라산을 비스듬히 등지고 있는
넓고 기다란 부엌 창 사이로
바람이 비집고 들어오기 시작하면
두툼한 옷을 꺼낼 시간.

"하늬바람이 불어요.
겨울이 시작되었어요."
눈이 오지 않아도
겨울의 시작이 보이고,
손이 시리기도 전에
한 해의 끝자락을 마주한다.

이젠,

북쪽에서 부는 바람을 느끼는 나이가 되었고

그렇게 겨울을 맞는다.

겨울이 되어서야
　　　　드러나는 것들

·
·

무화과 나뭇잎이
감나무 잎이
대추나무 잎이
모두 떨어졌다.

가지를
어떻게 쳐내야 할지
이제야
비로소
눈에 보인다.

고마워,
겨울.

조 금 덜 달 더 라 도
귤 이 니 까

.

.

비가림 귤이라는 게 있다. 일명 타이벡 감귤. 타이벡이라
는 방수지를 귤밭에 씌워 비가 땅으로 흡수되지 못하게
막아 귤나무에게 물을 최소한으로 공급하는 방법이다. 물
을 많이 먹지 못하고 자란 귤나무는 당연히, 당도가 높다.
그래서 이름이 비가림이다. 비를 가렸다는 뜻에서. 가문
해에는 과일이 달아 맛있는 것과 같은 이치다.

제주에 내려온 뒤부터는 매번 맛있는 귤을 찾아 먹었다.
남원의 귤농장, 하효의 귤밭, 누구누구네 귤밭……. 조금
이라도 더 단 귤을 찾아 먹고 또 선물했는데, 어느 날 비
가림 귤의 이야기를 듣는데 마음이 짠했다. 비를 맞지 못
하고 겨우겨우 만들어낸 귤이라니. 비가 오지 않는 건 어
쩔 수 없지만, 빤히 하늘에서 비가 내리는데 그걸 마실 수
없다니. 귤나무 입장에서는 타는 목마름을 견뎌야 하는
일 년이었을 것이다.

극강의 맛, 최고의 재미, 저 세상 텐션 같은 것에 익숙해져 자꾸 '더더더'를 추구하게 된다. 욕심은 끝이 없고, 웬만한 자극은 시시할 뿐이다. '너무 맛있는 것만 추구하지 말라'던 말이 떠올랐다. 조금 덜 만족하더라도 누군가를 속이거나 괴롭히지 않는다면, 그 마음이 참 아름답겠다는 생각이 들었다. 나는 그렇게 살 수 있을까. 여전히 단 귤에 선뜻 손이 가는 나를 보며, 다음 번 겨울의 내 모습을 상상해본다.

'선배'라는 자리

    .

    .

낯선 제주의 시골로 내려와서 가장 아쉬운 건 든든한 지붕이 되어줄 선배가 없다는 사실이다. 어렸을 때부터 기자 생활을 하고 자란 탓에 늘 선배가 있었다. 병아리 시절 아무것도 몰랐던 나를 데리고 다니면서 취재하는 법을 가르쳐주었던 선배, 일로 스트레스를 받으면 데리고 나가 술을 사주었던 선배, 일하다가 문제라도 생기면 대신 싸워주고 든든히 보호해주던 선배들. 물론 나를 너무 괴롭히는 바람에 퇴사를 수십 번 고민하게 만든 선배도 있었지만, 대부분의 선배들은 나의 든든한 버팀목이자 나를 보호해주는 지붕 같은 사람들이었다.

어느 날 선배의 조언을 듣고 싶은 일이 있었는데, 연락할 사람도, 만날 수 있는 사람도 없었다. 전화를 걸 수 있는 사람은 몇 명 있었지만, 선뜻 마음이 내키지 않았다. 만나서 얼굴 보고 수다나 떨고 싶은데, 멀리 떨어진 이곳에서는 불가능한 일이라는 것을 굳이 인식하고 싶지 않았다.

정말 나를 잘 챙겨주었던 선배가 있다. 내가 영화계를 담

당할 때 직속 선배였는데, 그 선배는 어디를 갈 때마다 나와 내 후배를 데리고 다니며 관계자들에게 인사를 시켰다. 취재원을 만나는 자리가 있으면 함께 가자고 하고, 이런저런 다양한 사람들을 소개시켜 주었다. 기자라는 직업이 사실 취재원 싸움이고, 선배든 후배든 상관없이 기사를 대할 때는 거의 라이벌로 여기기 때문에 자기가 관리하는 취재원을 소개시켜 주는 것이 그렇게 쉬운 일은 아니다. 그런데도 그 선배는 그런 면에서 무척 너그러웠다.

사람들은 자기 밥그릇을 빼앗기는 것을 싫어한다. 내 밑의 후배가 일을 좀 잘한다 싶으면 나를 치고 올라올까 봐, 내 옆의 동료가 잘하면 나와 비교할까 봐 불안해한다. 인생이 깊어지는 나이가 되면 그런 욕심 혹은 불안들이 눈에 더 잘 보이기 때문에, 옛날 그 선배의 호의는 정말 도드라지게 따뜻한 거였다는 걸 새삼 깨달았다.

치열하게 살던 시절에 받은 선배의 호의가 문득 생각나는 건 지금은 그런 선배를 만날 수도, 만들 수도 없기 때문일 것이다. 이제는 후배를 잘 기르거나 욕심내지 않고 동료들과 함께 잘 지내야 하는 나이. 혹은 좋은 언니이자 누나가 되어야 하는 나이니까. 선배에게, 오랜만에 문자나 한 번 보내야겠다.

흑과 백

.
.

흰 새치 몇 가닥도 주저 없이 뽑아버리는
푸르른 청춘이 가면
이 한 가닥이라도 남겨야 하나 고심하는
마흔 너머의 세상이 온다.

아픔을 이겨낸
혼적들

.

.

자주 가는 바닷가 노천탕이 있다. 겨울에 찬 바닷바람을 맞으며 따뜻한 탕 안에 앉아 있으면 정말 그보다 더 좋은 힐링이 없다. 어느 날 노천탕에 앉아서 있는데 어떤 아주머니가 할머니 한 분을 모시고 들어오셨다. 내 앞에 자리를 잡으신 할머니의 등에는 크고 기다란 수술 자국이 남아 있었다.

할머니 등에 새겨진 자국은 '나는 참 큰 수술을 견뎌낸 사람이오'라고 외치는 자랑스러운 훈장처럼 느껴졌다. 옛날에는 큰 수술 자국이 몸에 있는 사람을 보면 몸에 큰 흉터가 있어 어쩌나, 안타까운 마음이 들었는데 언제부터인가 그들이 견뎌냈을 고통의 시간이 전달되는 것 같아 마음이 짠했다.

살다 보니 수많은 일들이 내게, 혹은 주변에 일어난다. 건

강이 악화되어 병원에 입원하거나, 크고 작은 수술을 하는 사람들이 생겨난다. 건강을 챙기고, 건강을 돌아보고, 건강에 관심을 쏟는다. 에너지 넘치던 이십 대에는 경험하지 못하던 것들이다.

몇 년 전 몸에 이상이 있어 수술대에 누운 적이 있는데, 어쩌면 그때부터였는지도 모른다. 전신마취를 하고 수술을 한다는 긴장감은 꽤 강했다. 마취에서 깨어나지 못할 수도 있다는 생각부터, 수술이 잘못되어 죽을 수도 있다는 생각, 뭔가 중간에 문제가 생겨 내 인생이 어그러질 수도 있다는 생각까지 온갖 시나리오가 머릿속에서 그려졌다. 혹시 모르니 유서라도 써놓아야 하나 싶기도 했고.

서울의 한 대학병원 수술실 천장에는 '두려워 말라 내가 너와 함께함이라'라는 성경 말씀이 쓰여 있다고 한다. 처음에 듣고는 그냥 웃었는데, 막상 차가운 침대 위에 누우니 누구라도 그곳에서 그 문장 하나 생명줄처럼 붙잡고 수술실로 들어갈 수밖에 없겠구나, 하는 생각이 들었다. 가장 막막하고 두렵고 혼자인 순간, 함께 있어 준다는 것보다 더 큰 위로와 안심되는 말이 있을까.

할머니의 수술 자국은 정말로 크고 길었다. 척추를 따라 30센티미터 정도 길이였다. 얼마나 긴 시간 수술하신 걸까, 저걸 회복하는 데 얼마나 오랜 시간을 겪어내셨을까⋯⋯. 할머니를 잘 알지는 못하지만, 광경들이 상상 속으로 스쳐 지나갔다. 게다가 고령에 수술은 견뎌내기 쉽지 않았을 텐데, 하는 염려까지. 하지만 그 어려운 걸 이겨내셨으니 더 건강하게 잘 사실 것 같은 기대감도 생겼다. 할머니는 수술 후 아직도 몸이 성치 않다고 하시며 춥다고 얼굴만 밖으로 빼꼼히 내미셨다. 그 모습이 너무 귀여워 한참 동안 바라봤다.

어른의 시력

가까이 있는 사물들이
잘 보이지 않게 되고 나서야
멀리 볼 줄 아는
눈을 갖게 되었다.

마음이 아닌
몸의 속도에 맞추어

.

.

이제
무엇이 되느냐가 아니라
어떤 어른으로 늙어갈지
어떻게 나이들어갈지를
고민할 나이.

몸이 조금씩 아프고
아픈 데가 한두 군데 늘어나면서
좋은 점이 있다.
옛날보다 느리게 갈 수 있다는 것이다.
생각만큼 몸이 따라주지 않아서,
고맙고 다행이다.

태풍이 지나가던 날

.

.

바람 앞에 늘 겸손해진다.
눈에 보이지 않는
기류의 움직임일 뿐인데
큰바람이 불 때면
마음도 함께 펄럭인다.

일상을 정리하고
저녁의 문을 일찍 닫은 뒤
침대에 가만히 누워 잠을 청한다.
격렬한 밤이 빨리 지나가기를,
큰바람 아래 겸손히 기도한다.
온 동네 출렁이는 소리들이
밤새 뒤척이는 내 몸 위로 잦아들 때쯤
지붕의 안녕을 묻던 입술은
잠시 숨을 고른다.

"무사해서 다행이야."
동네의 아침을 살피러 나간 장화 아래
밤의 흔적이 드러난다.
부러진 나뭇가지들과 뿌리가 뽑힌 화초들.

아끼던 꽃들이 생을 다했는데도
그다지 연연해 하지 않는다.
바람 앞에, 흐름 앞에
많이 겸손해졌다.

이 바람이 싫어
이곳을 떠나는 사람들은
어쩌면
자아를 내려놓을 준비가
되지 않아서 일지도.
혹은
바람에 자꾸만
마음이 베이기 때문일 수도.

소심해도
      이해하세요

.
.

인생을 알아갈수록
나의 우주는 작아져
내 자리에서
옴짝달싹할 수 없다.

소심해진
혹은
무심해진 삶에 대한
변명 아닌 변명.

타 인 의 계 절

·
·

봄이 찾아온 타인의 계절
한껏 꽃피우는 당신의 여름.
모두 아름다운 계절을 나는데
나만 겨울인 것 같아
소심해져버린 나의 계절.

당신에게 겨울이 오면
당당히 나의 계절을
뽐내야지.

기대하던 계절이 왔지만
당신은 왜 겨울조차
이다지 아름다운지.

인생에
계절이 중요하지 않음을
깨닫게 된
타인의 겨울.

긴 비행의
기술

·

·

열 시간이 넘는 오랜 비행에는
휴대용으로 꼭 챙겨야 하는 짐이 있다.
바로 메이크업 클렌징 키트.

비행기 안에서 식사를 한 뒤
기내 불이 꺼질 때쯤
민낯을 드러내던
서른 초반의 나.

비행기 타기 전 화장실로 달려가
꼼꼼히 메이크업을 지우고
잘 준비를 마쳤던
서른 중반의 나.

집에 나설 때부터
메이크업을 하지 않고
공항으로 향하던
서른 막바지의 나.

세월이 가져다준
여유, 혹은 자신감.

답하기 어려운
질문을 피하는 법

대답하기 어려운 질문을 받으면
모든 것이 서툴렀던 이십 대에는
상대에게 다른 질문을 함으로써
그 질문을 비껴 나갔고,
내공이 조금 다져진 삼십 대에 이르러서는
답하기 어렵다고 솔직히 말했다.

훌쩍 더 어른이 된 지금은,
그런 상황에서
답을 하는 두 가지 방법을 터득했다.
why나 what을 묻는 질문에는
yes와 no로 대답하기.
yes와 no를 묻는 질문에는
why나 what으로 대답하기.

질문한 상대방에게
최대한 예의를 갖추면서도
원하지 않는 건 대답하지 않고
질문을 피해갈 수 있는
솔직한 방법이다.

채 점 기 준

비행기 통로 쪽에 앉아 있는데
이십 대 초반으로 보이는 남자가
내 옆에 섰다.
창가 쪽 좌석으로 들어가겠다고 해
일어서서 자리를 비켜주었다.
들어가는 내내 고개를 숙이며 인사하던 그.
자리에 앉은 뒤에도 '고맙다'라며 인사를 했다.

분명 예전이었다면 설렜을 상황인데,
내 머릿속에 떠오른 한마디는
'녀석, 참 잘 자랐네.'
화들짝 놀란 건 달라진 내 모습을 봐서였다.

과거에는 잘생긴 청년에 점수를 주었다면
이제는 예의 바른 청년이 더 좋다.
아, 내 청춘이여.

같은 문제,
달라진 풀이

.

.

옛날 가난한 시인과 결혼한 어떤 여자 아나운서가 '혼자 벌어도 둘이 충분히 행복할 수 있다'라고 하는 말을 듣고 사랑의 힘을 직접 만진 것처럼 감동받았다. 지금은 그 아나운서의 말을 곱씹어보며 혼자 벌어도 둘이 행복할 수 있는 직장이 있어 좋겠다, 하며 부러워한다. 아, 인생이란.

남은
청춘의 날들

·

·

'늙었다'라는 표현보다는 '젊지 않다'라는 표현을 선호한다. '나이든다'라는 말보다는 '성숙해진다'라는 단어가 더 좋다.

과거 마흔이 중년의 시작이었다면, 지금의 마흔은 청춘의 끄트머리 정도로 느껴진다.

1킬로그램에서 0.5킬로그램의 덤벨로 바꿀 때, 상대가 전화를 받지 않아도 두 번 이상 전화하지 않을 때, 뭔가를 주문하려다가 버튼을 누르지 않고 인터넷 창을 닫아버릴 때, 더 이상 어제처럼 젊지 않다는 걸 깨닫는다. 젊지 않다는 건, 마음의 보챔이 줄어들었다는 것이다. 보채거나 보채지 않거나, 어차피 삶은 원래 가려던 방향과 속도로 가버린다는 것을 인식하게 된 까닭이다. 그래도 먹고 싶은 떡볶이 같은 건 꼭 먹고야 만다. 끝자락 청춘의 고집스러운 용맹함이라고 할까.

마흔 이전의 치열함이 불같이 맹렬한 것이라면, 마흔 이후의 청춘은 잔잔하고 오래 가는 중간 불 같은 것이다. 불길이 꺼진 게 아니라, 줄이기 위해 불길을 낮춘 것이다. 인생이 잘 졸여지면 나에게도 약이 되고, 다른 사람에게도 약이 된다.

그러니, 슬퍼할 이유는 없다. 체력은 떨어지지만 빨리 달릴 일도 없으니까. 걸음을 늦추면 지나가는 풍경이 보이니까. 이렇게 걸으면 남은 청춘의 날들이 조금 더 더디게 지나갈 테니까.

인터미션

.

.

과거에 비해 기대수명이 늘어났으니
삶을 두 번으로 쪼개어 살아보는 건 어떨까.
한 살에서 마흔 살까지 1막.
그리고 마흔부터 아흔 살까지 2막.
사실 몇 살을 기준으로 막을 나누느냐는 상관없다.

늘 김연아를 보면서 참 대단하다는 생각이 들었다.
일곱 살에 스케이트를 시작한 김연아는
십 년의 고된 노력 끝에 이름을 알리기 시작하고
그 이후로 '퀸'의 자리에 올랐다.

1막을 지나온 우리도
2막의 시작에서부터 최소 십 년간 노력한다면,
그녀처럼 재능을 단련하고
묵묵히 자신의 길을 간다면
아름다운 빛을 발할 수 있지 않을까.

마흔을 바라보는 젊음은
'이제 무엇을 어떻게 할 수 없다'라며
움츠러드는 나이가 아니라
뭔가 다시 시작해볼 수 있는 나이가 아닐까.

주위에서 하라는 대로
평범한 삶은 살아봤으니까.
안정적인 삶은 추구해봤으니까.
그럼에도 이 안에
꿈틀거리는 뭔가가 사라지지 않는다는 걸
오랫동안 느껴왔으니까.

2막에서는
다시, 시작해볼 수 있지 않을까.

날이
서 있는 사람

.

.

'날이 서 있다'라는 표현을 좋아하는 사람이다, 나는. 그 예민함 속에 바짝 날이 서 있는 감성이 나를 나답게 만들어 준다고 믿기 때문이다. 예민하다는 것은 날카롭다는 질감에 관한 표현이 아니라, 미세하게 반응하는 감정의 변화나 진동을 잘 포착하는 순발력 같은 것이다. 그래서 '예민하다'라는 단어로 수식되는 나를, 어쩌면 즐기고 있었는지도 모른다.

카페를 고를 때는 커피 맛에 따라 고르지만, 글 쓰는 작업을 할 장소를 고를 때는 음악과 조도, 실내 소음, 소파의 편안함 등이 기준이 된다. 그래서 어제 갔던 카페를 오늘 갈 수가 없고, 익숙함이 싫어 한 번 간 곳은 다시 가지 않을 정도로 예민하다. 커피 한 잔의 선택도 이리 어려우니, 많은 일이 고된 고심의 필터 속에서 걸러진다.

우연히 숫돌을 홍보하는 글을 본 적이 있다. 아날로그의 미학을 느끼려면 숫돌로 칼을 갈아야 한다는 것이었다.

초벌과 마무리를 한 번에 할 수 있다는 내용에 사로잡혀 한참 읽고 있는데, 이런 문장이 눈에 들어왔다. '무작정 간다고 날이 서는 게 아니다'. 그랬다. 아무리 애써도 날이 서지 않는 것처럼, 날이 서 있는 사람이 있고, 그렇지 않은 사람이 있다. 어떤 면에서 그런 날 섬은 내게 축복이었다.

나이를 먹어서인지, 시골에서 살아서인지 예전처럼 내가 날이 서 있지 않다는 걸 자주 느낀다. 감정의 변화를 느껴도 무심히 지나치거나 큰 의미를 두지 않는다. 날이 서 있던 감성이 무뎌진 걸까. 쉼표 하나에, 단어 하나에도 큰 의미를 두었던 내가 변한 걸까. 어느 날 문득 궁금해졌다.
돌아보니, 나는 무뎌진 게 아니었다. 날 선 것의 반대는 무뎌지는 것이 아니라 날이 눕혀져 있는 것이었다. 그 날은 언제든지 세워낼 수 있는, 잘 갈아진 칼이지만 꼭 써야 하는 순간에만 쓰도록 잘 눕혀져 있던 거였다.
어쩌면 어른이 된다는 건 날을 늘 세우지 않고 누이는 법을 알게 되는 과정인가보다. 늘 사람을 찌르지 않게, 마음을 베는 일 없이 수더분한 결로 살아가다 꼭 필요한 순간에 날 선 나를 드러내는 것. 내게는 글을 쓰는 일이 그런 것이라 나는 참 행복한 사람이구나, 하고 감사했다.

보통의 속도로 걸어가는 법

초판 1쇄 인쇄 2020년 8월 17일 **초판 1쇄 발행** 2020년 8월 24일

지은이 이애경
펴낸이 연준혁

편집 1본부 본부장 배민수
편집 6부서 부서장 정낙정
편집 강소라
디자인 함지현

펴낸곳 ㈜위즈덤하우스 **출판등록** 2000년 5월 23일 제13-1071호
주소 경기도 고양시 일산동구 정발산로 43-20 센트럴프라자 6층
전화 031)936-4000 **팩스** 031)903-3893 **홈페이지** www.wisdomhouse.co.kr

ⓒ 이애경, 2020

ISBN 979-11-90908-56-6 03810

이 도서의 국립중앙도서관 출판예정도서목록(CIP)은 서지정보유통지원시스템
홈페이지(http://seoji.nl.go.kr)와 국가자료종합목록시스템(http://www.nl.go.kr/
kolisnet)에서 이용하실 수 있습니다. (CIP제어번호: CIP2020031768)